ビーズログ文庫
アリス

A3!

バッドボーイポートレイト

トム

原作・監修／リベル・エンタテインメント

イラスト／冨士原良

CONTENTS

序章

ポートレイトI 摂津万里

――何でもいい。とにかくアツくなれるものを求めていた。

スポーツも勉強もケンカも何もかも、別に本気を出さなくても誰《だれ》よりもうまくやれる。

退屈《たいくつ》で無味乾燥《かんそう》な日常。

満たされない渇《かわ》きを埋《う》めたくて、あらゆることをやった。犯罪スレスレ、自分の命の保証と引《ひ》き換《か》えでも構わなかった。

人生なんてイージーモードだ。本気になって必死になってる奴《やつ》らを見ると不思議でしょうがなかった。

なんでそんなに頑張《がんば》ってんだ？　何もかもこんなに簡単なのに。

「なー、知ってる？　兵頭十座《ひょうどうじゅうざ》がヤマ高の頭ツブしたって」

「またアイツかよ」

大して仲良くもない、まとわりついてくるからってつるんでた奴らの会話がふと気にかかった。

「誰、ソイツ？」

「О高のヤンキー。中学の時から目立ってる」

「ずっと一人だよな。一匹狼《いっぴきおおかみ》？　っていうんだっけ」

「ふーん」

О高ならここから歩いて行ける距離《きょり》だ。そう思ったら、立ち上がっていた。

「万里《ばんり》、帰るのか？」

「軽く狩《か》ってくる」

「マジかよ」

「万里って何考えてんのかわかんねーよな」

んなもん、俺にもわかんねーよ。

背中から聞こえた声に内心そう返事をして、俺は一人О高へ向かった。


「……は？」

「……これでいいか」

ウソだろ、立てねえ。膝《ひざ》が笑って立ち上がらねえ。なんだこれ。

それっぽい奴に声かけて、挨拶《あいさつ》もそこそこに殴《なぐ》りかかったら、あっという間に地面に転がされてた。

こんなこと、生まれて初めての経験だ。何が起こってるのかわかんねぇ。

「……じゃあな」

「待てや、コラ」

ソイツは、転がったままの俺には目もくれず悠々《ゆうゆう》と帰っていった。

人生初の敗北だ。誇張《こちょう》もなしに、十七年生きてきて初めて俺は他人に負けた。

それからケガが治るまでの二週間、朝から晩までソイツを倒《たお》すことだけ考えた。


「今度こそ負けねえから」

そう言いながら再び目の前に立った俺を見て、ソイツは身構えもせずに視線をそらした。

「おい、何無視してんだよ」

「てめぇとはもうやらねぇ」

「ああ?」

「今まで挑《いど》んできた奴らには、テッペン取りてぇって野心があった。でも、てめぇは違《ちが》う」

「はあ?」

「やる価値もねぇ」

「逃《に》げんのかよ」

俺の挑発《ちょうはつ》にもなんの反応も示さない。

俺は完全に肩透《かたす》かしを食らった気分で、ソイツを見送るしかなかった。

それから何度挑発しても、結果は同じだった。殴っても殴り返してこない相手に、俺は日々苛立《いらだ》ちをつのらせていた。

勝ち逃げなんて冗談《じょうだん》じゃねえ。どうにかして、アイツと勝負して勝ちたい。

そう思ってたある日、アイツがボロい劇場に入っていくのを見た。

アイツが演劇なんて観《み》るたまかよ。

鼻を鳴らしながら入り口をのぞき込むと、扉《とびら》に『秋組《あきぐみ》オーディション会場』のチラシが貼《は》られていた。

「オーディション……？」

「あ！　秋組のオーディションを受けに来た方ですね！　どうぞこちらへ！」

「は？　俺は別に――」

「もうすぐ始まりますから」

わけもわからないまま、俺は人の話を聞かない天パの男に、強引《ごういん》に劇場の中に押し込められた。

第1章

秋組オーディション

MANKAI劇場の舞台《ぶたい》の上には、長テーブルが一つと椅子《いす》が五脚《きやく》置かれていた。

いまだに誰《だれ》も座《すわ》る者のいない空っぽの椅子を、客席から向坂椋《さきさかむく》が心配そうに見つめる。

「カントクさん、今回もスカウト枠《わく》の人はいるんですか？」

「一応二人声かけてみたよ」

MANKAIカンパニーの総監督《そうかんとく》である立花《たちばな》いづみが椋にうなずく。

椋が参加した前回の夏組《なつぐみ》オーディションから数カ月、今日は新生秋組《あきぐみ》のオーディションだった。春組《はるぐみ》、夏組とそれぞれ五人ずつメンバーを揃《そろ》えて旗揚《はたあ》げ公演を成功させてきた劇団にとって、秋組は三つめのグループとなる。

夏組オーディションの際には、春組の旗揚げ公演から衣装係《いしようがかり》となった瑠璃川幸《るりかわゆき》とデザインを担当した三好一成《みよしかずなり》がスカウト枠として参加していた。

「オレたちの知ってる奴《やつ》か？」

夏組リーダーの皇天馬《すめらぎてんま》が首をかしげる。

「うん。一人は来てくれるかわからないけど……」

（左京《さきょう》さん、来てくれるかな……）

いづみは思案気に、金髪《きんぱつ》に眼鏡をかけた男の姿を思《おも》い浮《う》かべた。

古市《ふるいち》左京──MANKAIカンパニーが背負った巨額《きょがく》の借金の債権者《さいけんしゃ》であり、いづみに対して過酷《かこく》な通告を突《つ》きつけた張本人だ。いづみが新生MANKAIカンパニーの総監督になり、年内に旗揚げ四公演を成功させなければ劇団を潰《つぶ》すという条件は、いづみにとって実現不可能としか思えないものだった。

しかし、そんな冷酷無慈悲《れいこくむじひ》な借金取りの左京は、かつていづみの父、立花幸夫《ゆきお》が主宰《しゅさい》を務め、栄華《えいが》を誇《ほこ》った初代MANKAIカンパニー時代からずっと劇団のことを気にかけていた人物でもある。

いづみはそれを知り、左京を秋組オーディションに誘《さそ》ったのだった。

「さんかくっぽい人来るかな～」

斑鳩三角《いかるがみすみ》が首を伸《の》ばして客席の扉《とびら》の方を見やる。

「どんな人だよ」

幸が素っ気なく突っ込むと、一成がにこっと三角に笑いかけた。

「顔が三角形っぽい人に期待！　とりま待ってみよ～」

オーディションの手伝いに駆《か》り出《だ》された夏組メンバーが一様にソワソワした様子で開始時間を待っていた時、客席の扉が開いた。

「こんちはーッス」

つんつんとした赤い短髪の青年が元気よく挨拶《あいさつ》をしながら入ってきたかと思うと、すぐ後ろに長身の青年が続く。

「失礼します」

「あ、来た～！」

「いらっしゃいませ！　オーディション会場はこちらになります！」

三角が二人を歓迎《かんげい》するようにぶんぶんと手を振り、椋が舞台上へと案内した。

「スカウト枠ってカメラマンか」

「あ！　おみみじゃん！」

長身の青年の姿を認めた天馬が納得《なっとく》したようにつぶやくと、一成も声を上げる。

「ん？　みみ……？　俺の耳がどうかしたか？」

導かれるまま舞台上の椅子に座って首をかしげる青年に、一成がこくこくとうなずいて指を指す。

「伏見臣《ふしみおみ》くんだからおみみ！」

「……俺のあだ名なのか？」

「そ！　スカウト枠っておみみのことか～！　ヨロ！」

「よろ……？」

戸惑《とまど》う臣に、椋もにっこりと笑いかけた。

「よろしくお願いします。臣さん！」

「あ、ああ、よろしく頼《たの》む」

臣は夏組公演の時に広報用の写真を撮《と》るカメラマンとして、この劇団を訪《おとず》れていた。新生春組のメンバーであり、劇団の脚本《きゃくほん》を担当する皆木綴《みなぎつづる》と同じ大学に通う大学生だ。

百九十センチはありそうな長身にがっちりとした体格、茶色い短髪《たんぱつ》にきりっとした眉《まゆ》の下のややたれ気味の目は穏《おだ》やかな笑《え》みを浮《う》かべている。表情からも温和そうな性格がにじみ出ているようだった。

「それで、そっちのキミは？」

臣を指していた一成の指が、くるっと赤い髪の青年の方へと向けられる。

「あ！　俺っち七尾太一《ななおたいち》ッス！　演劇経験まったくなしだけど、とにかくモテたくて来たッス！」

七尾太一と名乗った赤い髪の青年が勢いよく片方の手をあげると、一成が大きくうなずいた。

「それな〜！」

「ＪＫにきゃあきゃあ言われたいッス！」

「わかる〜！　あ、オレ、三好一成、ヨロ！」

「ヨロッス！」

初対面の一成と同じ調子で挨拶を交《か》わす太一を、いづみが愛想笑《あいそわら》いを浮かべたまま見つめる。

（軽い……一成くんとノリが同じだ）

劇団員の中でもコミュニケーション能力が高く、いわゆるパリピといわれる一成のノリについていける者はそう多くない。その点だけでいっても、太一は貴重な存在といえた。

身長は臣と並ぶと小さく見えるが、百七十センチはあるであろう平均的な体格。年齢《ねんれい》は臣よりも若く高校生くらいだろうか、ラフなトレーナーにハーフパンツ、ゴールドのチェーンを首にかけたストリート系のファッションがよく似合っている。つんつんと立ち上がるようにセットされた髪に、くるくると表情を変える大きめの目が印象的だった。

「太一と一成でワンワンコンビか。知性も品性もオール1の馬鹿犬《ばかいぬ》……と」

幸がいつも持ち歩いているメモ帳をさっと取り出して書き込んでいると、一成がそれをのぞき込んで嘆《なげ》いた。

「ゆっきー、ひどい！」

「――」

幸に視線を移した太一の動きがぴたりと止まる。

「……何？」

じーっと凝視《ぎょうし》された幸が、いぶかしげに眉をひそめると、太一の頰《ほお》がほんのりと赤く染まった。

「あ、あの、ゆっきーさん、ですか！　よろしくお願いするッス！」

「髪も顔もまっかっか〜」

太一の様子を見た三角が笑みを浮かべる。

「言っとくけど、こいつはこう見えてただの底意地の悪い男だからな」

天馬が幸を顎《あご》でしゃくると、幸がぴくりと眉を上げた。

「なんか余計なもんくっついてるんだけど」

「男!?　マジッスか!?」

天馬の言葉を聞いた太一が驚《おどろ》きに目を見開いて、まじまじと幸を見つめる。

太一より五センチ以上は低い身長で、白いフリルのブラウスにピンクのストライプのスカートをはいた幸は、一見すると少女にしか見えない。が、スカートをはいているのはカワイイ服が好きだからというポリシーによるもので、性別とはなんの関係もなかった。

「これで男とか……そんなバカな……俺っち劇団あるあるの泥沼恋愛劇《どろぬまれんあいげき》に巻き込まれる心の準備もバッチリだったのに……」

「そんな準備いらないから」

呆然《ぼうぜん》と不穏《ふおん》なことをつぶやく太一に、幸が半目で突っ込む。

「……あれ？　なんか、お前どっかで見たことあるような……」

ふと、太一を見つめていた天馬が眉をひそめた。途端《とたん》、太一があ～と、少し焦《あせ》ったように声を上げる。

「高校同じだからじゃね？　俺っちは天チャンのこと知ってたよ」

「天馬くんと同じ高校なんだ？」

「欧華《おうか》高校二年Ｄ組ッス！」

いづみがたずねると、太一は勢いよくぶんぶんとうなずいてみせた。幸の最初の見立て通り、行動がどこかいちいち犬っぽい。

「……同級生だからか」

天馬はわずかにスッキリしない表情ながらも、納得したようにつぶやいた。

「それじゃあ、臣くんの志望理由も聞かせてもらえるかな？」

太一の発言を受けて、いづみが臣に水を向ける。

「演劇に興味があるのかと思って、声はかけさせてもらったけど、一応ね」

夏組の写真撮影《さつえい》の時、臣が劇場の見学をしたいと言い出したことを思い返しながら、いづみはそう続けた。

「俺は……役者になるのが夢になったんだ」

臣はつぶやくようにそう告げると、視線を舞台の床《ゆか》に落とした。相変わらず口元に笑みは浮かんでいたものの、うつむいた拍子《ひようし》に表情に陰《かげ》が落ちる。

（……なった？　なんか変な言い方だな……前から含《ふく》みを感じてたけど、やっぱり、まだくわしいことは話せないのかな）

臣が何も言わないのを見て、いづみもそれ以上たずねることはしなかった。

直後、客席の扉が大きく開かれた。

「おい」

オールバックの青年がポケットに手を突っ込んだまま、ずかずかと大股《おおまた》で舞台に近づいてくる。

「オーディション会場ってのは、ここか？」

まるでケンカでも挑《いど》むかのような剣呑《けんのん》な目つきで、舞台の上を睨《にら》みつける。

百八十センチを超えるほどの長身にラフなブルゾンをまとい、ポケットに手を突っ込んだ青年はまるでヤンキー漫画《まんが》から抜《ぬ》け出《だ》してきたかのような姿だった。ただ黙って立っているだけでも、その目つきの悪さのせいでガラが悪く見える。しなやかな体つきは、獲物《えもの》をしとめる野生の肉食動物のそれをほうふつとさせた。

「何このテンプレヤンキー」

「――あ！」

胡散臭《うさんくさ》そうに目を細めた幸の横で、椋が驚いたように両手で自分の口元を覆《おお》った。

「そうだけど、キミもオーディション希望者？」

あまりに他の劇団員とは毛色の違《ちが》う青年に少し戸惑いながらも、いづみがそうたずねると、青年はあっさりうなずいた。

「ああ」

「十《じゅう》ちゃ……！」

声を上げた椋を、青年がぎろりと睨みつける。

「……ああ？　気安く声かけんじゃねぇ」

ドスを利《き》かせる青年は殺気ともいえるような空気をまとっていた。蛇《へび》に睨まれたカエルのごとく、椋がひゅっと小さく息を呑《の》んで沈黙《ちんもく》する。

「どしたの？　むっくん？」

「な、なんでもない……」

一成が不思議そうに椋の顔をのぞき込むと、椋は考え込むようにゆっくりと首を横に振った。

「それじゃあ、キミもこっちに並んでくれるかな」

様子を見守っていたいづみが促《うなが》すと、青年は意外にも大人しく舞台に上がって、臣の隣《となり》に座った。

と、再び客席の扉が開く。

「さ、さ、こっちです。オーディション希望者を連れてきましたよ～！」

つぎはぎだらけのスーツを着た天パの男——ＭＡＮＫＡＩカンパニーの支配人である松《まつ》川伊助《かわいすけ》が、茶髪《ちゃぱつ》の青年の背中を押しながら入ってきた。

「だから、俺はそんなもん——」

迷惑《めいわく》そうに顔をしかめる青年を認めたオールバックの青年が、がたんと音をたてて立ち上がる。

その音で舞台上の人物に気づいた茶髪の青年も、オールバックの青年をじっと睨みつけた。

数秒の間、黙《だま》ったまま睨み合う。

「てめぇ、なんでここに……」

口火を切ったのはオールバックの青年だった。その言葉には、わずかに戸惑いと苛立《いらだ》ちが混じっている。

「それはこっちのセリフだ、ボケ」

茶髪の青年がバカにしたような笑みを浮かべて舞台へと上がっていくと、オールバックの青年が目を吊《つ》り上げる。

「ああ？」

「ああん？」

間近でメンチを切り合う二人は一触即発《いっしょくそくはつ》といった様相だ。

「ひ――っ」

今にも殴《なぐ》り合いを始めそうな剣呑な雰囲気《ふんいき》に、支配人が小さく悲鳴を上げる。

二人をなだめるでもなく、後ずさりする頼《たよ》りない支配人を押しのけ、いづみが慌《あわ》てて二人に近づく。

「ちょ、ちょっとキミたち!?」

(ケンカでも始めそうな雰囲気なんだけど……!?)

そうなればオーディションどころではない。なんとかこの場を収めようと、いづみは二人の間に割り込もうとするが、二人とも微動だにしない。

一方近くで様子を見ていた臣は、特に慌てるでもなく困ったような笑みを浮かべた。

「……穏やかじゃないな」

「あ！　思い出した！　あの人、兵頭十座《ひょうどうじゅうざ》サンッス！」

不意にぱんと手を打った太一が、オールバックの青年を指差す。

「知り合いか？」

「うちの学校の先輩《せんぱい》ッス。ケンカで負けなしの超《ちょう》有名人ッス！」

首をかしげる臣に、太一が早口でそう説明する。

「んだ、てめぇ」

「んだ、コラ」

周囲でざわついている間もお互《たが》いしか目に入らないのか、ヤンキー二人は相変わらず顔を斜《なな》めに傾《かたむ》け、睨み合っている。

「これっていわゆるマンタイじゃね⁉」

「さんかくの人見つけた～！　目がさんかく！」

一成が相変わらず軽い調子ではやし立てると、三角が両手の親指と人差し指でサンカクのマークを作りながら十座の顔の方へと寄っていく。

「三角さん、危ないから近寄っちゃダメですよ！」

そのまま十座の目にサンカクマークを合わせようとする三角を、椋が慌てて引《ひ》き戻《もど》した。

その間も二人は剣呑な目つきで、恫喝《どうかつ》を繰《く》り返《かえ》している。

（秋組もなかなかハードなメンバーが揃っちゃいそうだな……！）

オーディションの内容に関係なく、定員割れでこの二人の秋組メンバー入りはもうほぼ確定だ。

いづみは一向に収まりがつきそうにない二人の様子を眺《なが》めながら、先行きが不安になった。

「んだ、コラ」

「んだ、てめぇ」

「やんのか、コラ」

「ジャマだ、てめぇ」

（さっきから延々このやり取りが……）

最初ははらはらした表情で見守っていたいづみたちも、二人が飽《あ》きずに意味のない恫喝を繰り返し続けるうちに、段々と見物モードに移行し始める。

「さっきからずっと二単語で会話してるッス」

太一の指摘《してき》に、一成が感心したようにうなずく。

「ある意味高度な会話じゃね⁉」

「さんかく、さんかく！」

「それ一単語ッス！」

自らも十座たちの会話に参加しようとする三角に、太一が突っ込んだ。

「冷やかしなら失《う》せろ」

十座が吐《は》き捨《す》てるようにそう告げると、茶髪の青年は鼻を鳴らして口の端《はし》をゆがめた。

「てめぇの指図は受けねえ」

十座の目つきが一層険を帯び、それを受けた茶髪の青年も挑むように下から睨みつける。

そのまま永遠に続きそうな沈黙が流れた時、とうといづみが強引《ごういん》に二人の間に割って入った。

「と、とにかく、二人ともここに並んで待っててくれるかな!?」

いづみに促され、十座と茶髪の青年は睨み合いを続けながら、そばの椅子に座り込む。

その間も、体も視線も相手の方を向いたままだ。

「向かい合わなくていいから！」

自然と向かい合う形で座る二人に、いづみがすかさず突っ込む。

「ある意味息が合ってるッス！」

「たしかに……」

思わずといった様子で声を上げた太一に続いて、臣がわずかに笑いながらうなずいた。

そして、いづみの方へと顔を向ける。

「カントク、オーディションは何時に開始するんだ？」

「そろそろ始めようかとは思ってるんだけど……」

そう言いながら、いづみが客席の扉をちらりと見やる。

（やっぱり左京さんは来てくれないのかな……）

用意した椅子は一つ空席のままだ。

「誰か待ってるとか？」

臣がいづみの様子を見ながらたずねると、椋が思いついたように声を上げた。

「そういえば、スカウト枠のもう一人は誰だったんですか？」

「それが……」

いづみが左京の名前を出そうとした時、音もなく客席の扉が開いた。

「へえ。かろうじて五人は集まったみたいだな」

姿を現したのは、細身のフレーム眼鏡をかけた金髪の男だった。冷たいまなざしだけでなく、切れ長の目やほっそりとした顎の線、スッキリとした鼻筋も、どこか冷ややかな印象を与《あた》える。グレースーツに黒いコートをなびかせて歩いてくる様子は、明らかにカタギには見えない。

「左京さん！」

いづみが呼びかけると、その場にいた人間の視線が一斉《いっせい》に左京に集まった。

「あ、ヤクザだ」

「ヤクザ!?」

幸の言葉を聞いた太一が目を丸くする。

「よかった！　来てくれたんですね！」

ほっとしたように左京を舞台上へと促したいづみを、椋が少し意外そうな表情で見つめる。

「って、もしかしてスカウト枠って左京さんのことなんですか？」

「そうだよ」

「ヤンキーにヤクザって、ずいぶんガラの悪いメンバーが揃ったな」

あっさりとうなずいたいづみに、天馬がわずかに顔を引きつらせながらそう告げる。

「だ、大丈夫《だいじょうぶ》なんスかね……？」

「まあ、人は見かけによらないから」

不安そうに左京や十座や茶髪の青年の顔を見比べている太一に、臣は相変わらず穏やかな微笑みを浮かべながらそうフォローした。

「左京さんは見かけはちょっと怖《こわ》いけど、ずっと昔から、このＭＡＮＫＡＩカンパニーのことを見守ってきた人なの」

「え？」

いづみがそう説明すると、椋が意外そうな顔をする。

「私たちの誰よりもこの劇団のことを知ってるし、愛してる。劇団には絶対に必要な人だと思う」

確信をもってそう言い切るいづみを見て、天馬が納得したようにへえ、と声を漏《も》らした。

「ただの借金取りじゃなかったってことか」

「……ごたくはいい。俺は芝居《しばい》をしに来た。それだけだ。さっさとオーディションを始めろ」

夏組メンバーからまじまじと見つめられ居心地《いごこち》が悪くなったのか、左京が椅子にどっかり座り込んで顎をしゃくってみせる。

いづみは元気よく返事をすると、揃った五人の前に立った。

「それじゃあ、これから課題のセリフを配るね」

そう言いながら、A4の紙を一枚ずつ手渡《てわた》す。

「一人ずつ簡単に自己紹介《じこしょうかい》をしてから、セリフを言ってみて。まずは、臣くんから」

最初に臣を指名すると、臣がゆっくりと立ち上がった。

「……伏見臣、葉星《ようせい》大学三年生。演劇経験はなし」

そこまで言ってから、手元の紙に視線を落とす。

「で、課題のセリフが、これか……」

さっと数行のセリフに目を通すと、一呼吸置いてから口を開いた。

『もしもし、母さん？　俺。今、結果見てきた』

『うん。受かってた。本当だよ。うん、信じられないけど』

『ありがとう』

セリフは電話口の母親に向けた三つだけだ。

臣は特に突っかかりもせずセリフを告げる。抑揚《よくよう》はなく、演技とは程遠《ほどとお》いものだったが終始落ち着いていた。

（臣くんは経験がない分、やっぱり固いっていうかぎこちない。演劇の勉強は今まで全然やってこなかったのかな。でも、声量があって、声がよく通る。迫力《はくりょく》ある演技ができるようになるかも！）

臣のセリフを聞いたいづみは、そんなふうに臣の可能性を感じていた。発声練習もなしに自然と声が届くというのは、一つの才能だ。

「……こんな感じでいいかな？」

首をかしげる臣に、いづみは満面の笑みでうなずく。

「うん！　お疲《つか》れさま。次は太一くん」

いづみが続いて太一を指定すると、臣と入れ替わりに太一が元気よく立ち上がった。

「はいッス！　七尾太一、欧華高校二年生！　演劇経験はゼロッス！」

そこまで言ってから、紙に印刷されたセリフを読み上げる。

『もしもし、母さん？　俺。今、結果見てきた』

『うん。受かってた。本当だよ。うん、信じられないけど』

『ありがとう』

太一はただセリフを読み上げただけの臣とは違って、わずかに合格の喜びの感情をにじませていた。母親のセリフを待つ間も入れ、より電話をしている雰囲気を出している。

「以上ッス！」

にこっと笑って、立ち上がった時と同じように音をたてながらまた座る。

（あれ……？）

太一のセリフを聞いたいづみは、内心首をひねった。

（なんだろう、うまいわけじゃないんだけど、妙《みよう》に肩《かた》の力が抜けてるっていうか、こなれてるっていうか……）

間といい、呼吸といい、太一のセリフ回しは芝居を知っている者のそれだった。

「オーディションとか今まで受けたことある？」

いづみがそうたずねると、太一は一瞬《いっしゅん》動きを止めた後、ぶんぶんと首を横に振った。

「いえ、全然トーシロッス！」

（器用な性格なのかな……？）

いづみはなんとなく引《ひ》っ掛《か》かりを感じながらも、そう結論づけた。

「それじゃあ、次はええと、そっちのヤンキーくん二人はどっちからやる？」

いまだに威嚇《いかく》し合っている十座と茶髪の青年に声をかけると、茶髪の青年が立ち上がった。

「んじゃ、俺」

「何、勝手に決めてんだ」

すかさず十座がパイプ椅子を倒《たお》す勢いで立ち上がる。

「ああ？　早いもん勝ちだろ」

「んなの、誰が決めた」

　再びメンチを切り始める二人を、いづみが引きはがす。

「はいはい、それじゃあつり目のキミ、自己紹介からお願い」

　最初に名乗りを上げた茶髪の青年の方を促した。

「摂津《せっつ》万里《ばんり》、花咲《はなさき》学園高校三年。演技の経験はなし」

　茶髪の青年はそう告げると、紙を見ることなくセリフを続けた。

『もしもし、母さん？　俺。今、結果見てきた』

『うん。受かってた。本当だよ。うん、信じられないけど』

『ありがとう』

　自然な呼吸、間合いでセリフを言い切る。まるで気負うことのない自然体の演技は、経験がないとは思えないほど違和感《いわかん》がなかった。

（あれ？　うまいな。間の取り方もばっちりだし）

　同じような感想を抱《いだ》いた太一との差は、その明らかな芝居の巧《たく》みさだ。万里の場合、単にこなれているというだけではない。

「経験者じゃないの？」

　いづみがそうたずねると、万里は軽く肩をすくめてみせた。

「全然。でも、このくらい初見で余裕《よゆう》っしょ」

ことなげに言い放って、椅子に座り込む。背もたれに体を投げ出し、どこかだらしなく座る姿はヤンキーそのものだ。

明るく染めたサラサラの茶髪に、気だるげな表情。身長は十座と同じくらいの百八十センチ程で、足はすらりと長く、スタイルがいい。つり上がり気味の目は、顔立ちが整っているからかきつい印象を与えない。ただ、全身からどこか無気力な雰囲気が漂《ただよ》っていた。

(人は見かけによらないな。上達したら、どんな役でもこなせそうだ)

いづみは万里の芝居をそう評価すると、十座の方へと目を向けた。

「それじゃあ、次はオールバックの——十座くん？」

いづみが問いかけると、十座が小さくうなずいた。

「兵頭十座、欧華高校三年。演劇はやったことねぇ」

まるで決闘《けっとう》前に名乗りを上げるような調子でそう言い放つと、手元の紙をじっと見つめた。

『もしもし、母さん？ 俺。今、結果見てきた』

たどたどしく、つっかえながらセリフを読み上げ始める。

『うん。受かってた。本当だよ。うん、信じられないけど』

棒読みな上に、まるでロボットのようにぎこちない。

『ありがとう』

　十座がセリフを言い終えた後、不自然な沈黙がその場に流れた。

（これは見事な大根だ……初心者とはいえ、ここまでなのは逆にめずらしいな。ちょっと親近感が……）

　昔散々大根役者と呼ばれていたいづみが思わず十座に親しみを感じた時、ぷっと噴《ふ》き出す声が聞こえた。

「はははは！　んだ、それ!?　下手すぎ！　ふざけてんのかよ!?　あははは！　腹いてぇ！」

　隣で聞いていた万里が、腹を抱《かか》えながら爆笑《ばくしょう》している。その目には涙《なみだ》まで浮かんでいた。

「ちょっと万里くん！」

　いづみがたしなめようとすると、その前にさっと十座が動いた。

「十座くんも、ケンカはダメだよ!?」

　慌てて立ちふさがろうとした瞬間《しゅんかん》、十座の体がいづみの視界から消えた。

「――下手なのはわかってる。でも、どうしても芝居がやりてぇ。俺を劇団に入れてくれ」

　十座は九十度近く腰《こし》を折り曲げ、いづみに向かって深々と頭を下げていた。

「え……」

　思いがけない十座の行動を前にして、呆気《あっけ》に取られてしまう。

「……この通りだ」

十座はそう言って、さらに深く頭を下げる。

(バカにされても、そんなの気にしないで頭を下げるなんて……十座くんは本当に演劇がやりたいんだ……)

いづみはそっと十座の肩に手を置くと、顔を上げさせた。

「……芝居で一番大切なのは芝居への気持ちと向上心。歓迎するよ」

にっこりと微笑《ほほえ》んで、心からそう告げる。

「いいのか……?」

いづみの言葉が意外だったのか、十座がわずかにぽかんとした表情を浮かべる。その表情の変化は些細《ささい》なものだったが、一瞬だけ今までの剣呑な雰囲気が和《やわ》らいだ。

「大丈夫! 大根を改善するための練習メニューのストックはいくらでもあるから!」

いづみが力強く自分の胸を叩《たた》く。

(自分用に調べた数々の練習メニューが役に立ちそうだ!)

かつていづみは役者を目指しながらも、あまりにも演技が上達しなかったためにその道を諦《あきら》めた。自らの才能はついぞ花開かなかったが、この劇団の総監督として劇団員を指導するにあたってその経験は役に立っていた。

「よろしく頼む」

再び頭を下げる十座に、いづみは昔の自分の姿を重ねながら、優《やさ》しいまなざしで見つめる。

「おいおい、マジかよ。そんなレベルでも入れんのか？」

二人のやり取りを聞いていた万里が、呆《あき》れたようにため息をついた。

「ま、そこそこ器用なだけで熱のない奴よりはマシだな」

左京が鼻を鳴らすと、万里が左京を睨みつける。

「……ああ？　それ、誰に言ってんの、オッサン」

「……てめぇこそ、誰にメンチ切ってんだ？」

万里の威嚇をものともせず、左京が眉間《みけん》にしわを寄せて睨み返す。年季が入っている分、左京の恫喝は堂に入っていた。

（ああ！　こっちでも火種が……！）

いづみは再び新たな火花が散っているのを見て、慌てて声を上げた。

「最後に左京さん！　お願いします！」

いづみに促されて、左京がゆっくりと立ち上がる。

「古市左京だ。演劇経験は子どもの頃《ころ》に少しだけ」

（初代夏組の昔の映像に映ってた頃かな。大人になってからは演劇はやってなかったんだ）

いづみは以前観《み》た初代夏組の稽古《けいこ》風景の映像を思い返した。稽古場の隅《すみ》っこで、目を輝《かがや》かせながら団員たちの稽古を見学していた左京は、今よりもずっと幼かった。

「それじゃあ、課題をどうぞ」

いづみの声かけで、左京が静かに息を吸い込む。

『もしもし、母さん？　俺。今、結果見てきた』

ぶっきらぼうながらも親密さを感じさせる声色《こわいろ》で、電話の向こうの母親に語りかける。

『うん。受かってた。本当だよ。うん、信じられないけど』

喜びをにじませながらも、ストレートには表現しない。どこか照れのある母親と息子《むすこ》の距離《きょり》を表していた。

『ありがとう』

左京の口元にわずかに笑みが浮かぶ。抑《おさ》えた演技ながら、その喜びがまざまざと伝わってきた。

(すごい。ブランクがあるなんて信じられない。うまさもあるけど、一人だけ芸が円熟してる……左京さんに関しては即戦力だな)

内心感嘆《かんたん》しながら、いづみは軽く両手を打った。

「はい、これで課題は終わりです」

そう告げて、自分を見つめる五人の顔を見回す。

「結果は、五人全員合格！」

いづみの発表に対する反応は五人それぞれだった。

「定員ぴったりだしな」

「よかった」

平然とうなずく左京の横で、臣がわずかにほっとしたように微笑む。

「秋組おめ～！」

「おめでとうございます！」

「おめありッス！」

太一は、一成と椋の祝福に満面の笑みで手を振った。

何を考えているのかわからない無表情の十座と、十座から目を背《そむ》けるようにそっぽを向く万里を見て、幸が呆れたように腕《うで》を組む。

「ガラ悪すぎ……」

幸の言葉を意にも介《かい》さず、万里はバカにしたようにちらりと十座に視線をやる。

「兵頭が受かるくらいじゃ、誰でも受かるわな」

「てめぇ、芝居に興味なんかこれっぽっちもねぇだろ。辞退しろ」

十座が万里を睨みつけると、万里も片眉《かたまゆ》を吊り上げて睨み返した。

「あぁ？　おめぇみたいな大根よりよっぽどマシだろ。おめぇこそ辞退して畑に帰れ。身の程知らずが」

「んだと？」

「ちょっと、二人ともケンカは――」

再び今にも殴り合いを始めそうな二人の間に、いづみが慌てて割って入る。

「大根らしくみそ汁《しる》の具にでもなってろって言ってんだよ」

「誰が大根だ。てめぇこそ狐《きつね》みてぇな顔しやがって、山帰れ」

（全然聞いてない……）

いづみの存在などまったく目に入っていない様子で、二人は言い合いを続けている。

どうしたものかといづみが困り果てていると、いづみの隣に左京が並んだ。

「うるせぇ！　ガタガタ言ってんじゃねぇ！　監督が全員合格って言ってんだろが！　黙って従え！」

左京の一喝《いっかつ》は、その場の空気をびりびりと震《ふる》わせるような迫力があった。万里と十座が怯《ひる》んだように口をつぐむ。

「ヤクザッス！」

「ヤクザだねぇ」

「歓迎ムードで一瞬忘れてたわ」

その様子を遠巻きに見ていた太一と臣がうなずき合い、一成も同調する。

「そ、それじゃあ、みんな、劇団のシステムを説明するから、寮《りょう》の方に移動しようか！」

口論は阻止《そし》できたものの、妙な雰囲気になっているその場を収めようと、いづみが明るく声を上げる。

万里と十座は同時に鼻を鳴らしてふいっとそっぽを向くと、ドアの方へと歩き出した。

そのタイミングは絶妙《ぜつみょう》なまでに揃っている。

(さっきは左京さんのおかげで助かったけど、今までの組の中で一番険悪なムードかも……!)

いづみはまたいつ火花を散らすかわからない二人の背中を、はらはらしながら見送った。


MANKAIカンパニーは専用劇場のほど近くに団員寮を備えている。総勢二十四名の団員を収容可能で、現在春組と夏組の団員十名といづみ、支配人がここで暮らしている。

劇団の日々の稽古は基本的に寮にある二つの稽古場で行われていた。

「——と、いうことで、劇団の説明はこのくらいかな。今の時点で寮に入りたいって人はいる?」

いづみは広いリビング兼《けん》ダイニングの談話室に新秋組メンバーを集めると、一通りの説明を終えた。

「入る」

いづみの問いかけに、いの一番に十座が声を上げる。

「てめぇ、入んのかよ？」

「てめぇは入んな」

万里に対して十座がそう告げると、万里がいづみに向かって軽く手を挙げた。

「じゃ、俺も入るわ」

「んだと？」

「ああ？　文句でもあんのか？」

再び睨み合いを始める二人の会話をいづみが遮《さえぎ》る。

「はいはい、十座くんと万里くんは入寮と。二人とも未成年だから、後で親御《おやご》さんからの許可を取って、正式に決定ってことになるからね」

いづみがそう説明すると、今度は太一が元気よく手を挙げた。

「俺も入るッス」

「太一くんもね。了解《りょうかい》。臣くんと左京さんはどうします？」

いづみが二人に水を向けると、左京がちらりと十座と万里の方へ視線を投げた。

「あのバカどもには目付役が必要だろ」

（たしかに、ケンカが始まった時仲裁《ちゅうさい》してくれる人がいる方が助かるかも……）

いまだに無言で睨み合いを続ける二人を見て、いづみが左京にうなずく。

「じゃあ、左京さんも一緒《いつしよ》に寮に入るってことで」

「俺はちょっと迷ってる」

臣が思案気にそう告げると、いづみが微笑んだ。

「無理はしなくてもいいよ。通いでも問題ないし」

「できれば、入りたいんだけど、家のことは俺が全部やってるから、俺がいなくなったら家がどうなるか……」

臣は本気で悩《なや》んでいる様子で、首の後ろを撫《な》でた。

「ゆっくりご家族と相談してみたら？」

「うーん……」

「後から入ってもいいんだし」

臣の心情を慮《おもんぱか》るようにいづみがそう告げると、臣はしばらく考え込んだ後、首を横に振った。

「――いや、やっぱり俺も寮に入る」

「大丈夫なの？」

「弟たちも親父《おやじ》もいい加減、俺離《ばな》れしないといけない時期だし。荒療治《あらりようじ》もいいかもしれない」

「そう？」

いづみが確認《かくにん》するようにたずねると、臣ははっきりとうなずいた。

「それじゃあ、全員寮に入るっていうことで。秋組用の三部屋を五人で使ってもらうね」

「二人部屋ってことか」

「一人だけ一人部屋使えるんスね～」

いづみの説明に、臣と太一が納得したように相槌《あいづち》を打つ。

（ひとまず、万里くんと十座くんは離《はな》さないとな……）

いづみがそう考えていると、左京が万里と十座の方へ顎をしゃくった。

「摂津と兵頭は同室にしろ」

「え!?」

いづみが目を丸くするのと同時に、万里と十座も怪訝《けげん》そうに声を上げる。

「ああ？　兵頭と？」

「こいつと同室だと？」

またバチっと音をたてそうな勢いで火花が散ったのを見て、いづみが顔を引きつらせる。

「さ、さすがにそれはどうですかね……」

「もめるのが目に見えてるな」

「火と油を混ぜるようなもんッス」

いづみの言葉に、臣と太一もうなずいた。

「いずれにしろ、こいつら二人の関係がいつかこのチームのガンになる。だったら、手っ取り早く共同生活でチームワークを身につけさせる方がいい」

左京は、臆《おく》するいづみたちの言葉も意に介さない様子でそう告げた。

「まあ、どうにかしないといけないのはたしかですけど……」

（そういえば、天馬くんと幸くんもなんだかんだ言いながら、同室でうまくやってたっけ……）

天馬と幸も最初の夏組オーディションで顔を合わせた時から口喧嘩《くちげんか》ばかりだった。が、公演を迎《むか》える頃には、主演と準主演として絶妙なコンビネーションを発揮していた。

「ふざけんな。なんで勝手に決められなきゃなんねぇんだよ、オッサン」

「こいつと同室なんて冗談《じょうだん》じゃねぇ。二十四時間年中無休でケンカ売ってきやがる」

万里に続いて十座が左京に食《く》ってかかる。

「人をコンビニみてぇに言うんじゃねぇ！」

「事実だろうが。コンビニエンス野郎《やろう》」

また言い争いを始める二人の間にいづみが割って入ろうと、一歩近づいた。

「まあまあ、二人とも――」

「うるせぇ！　ガタガタ言ってんじゃねぇ。てめぇらに決定権はねぇんだよ」

いづみの声を一瞬にしてかき消す左京の一喝で、その場が静まり返る。

(すごい……鶴《つる》の一声ならぬ鬼《おに》の一声で黙った……)

「で、どうすんだ、監督さん?」

いづみが感心していると、左京がそう水を向けた。

「え、えーと、それじゃあ、十座くんと万里くんは一〇四号室で相部屋ってことで」

いづみは促されるままに、そう告げた。

「な——」

「おい——」

「黙れ! 監督がそう言ってんだろうが!」

抗議《こうぎ》しようとする万里と十座が、再び左京の一喝で黙り込む。

(なんだかヤクザの親分か何かにでもなったような気分だ……)

凶悪《きょうあく》な子分を従えたような、なんとも言えない気持ちでいづみは先を続けた。

「残りは一〇五号室と一〇六号室だけど——」

「左京さんは一番年上だし、一人部屋でいいんじゃないかな」

「賛成ッス!」

臣と太一がそう続けると、左京は首を横に振った。

「いや、特別扱《とくべつあつか》いはしなくていい」

左京がそう告げた途端、どこか遠くから声が聞こえてきた。

「ア――――！」

（今、どこかから声が聞こえたような？）

いづみが首をひねって辺りを見回す。

「ニ――――！」

（やっぱり聞こえる……しかも、どんどん近づいてきてる？）

いづみが声の出所を確かめようときょろきょろしていると、左京が顔をしかめてうつむいた。

「あのバカ……」

「キ――――!!!」

大きな声と同時に、談話室のドアが勢いよく開かれた。

飛び込んできた金髪の柄の悪い青年がそのままの勢いで左京に駆《か》け寄《よ》る。

「ア――ニ――キ――!!!」

「オーディション合格おめでとうございやす！　今日からアニキのファン一号兼付き人を務めさせていただきやすっ！」

そう言いながら大きくがに股に広げた両膝《ひざ》に手をついて、頭を下げる。左京は呆れたように大きくため息をついた。

「さ、迫田《さこだ》さん、でしたっけ？」

いづみがためらいがちに声をかける。

借金取りとして劇団を訪れる左京に、常に付き従っていた迫田は、いづみとも顔見知りだった。ただ、今まで散々な態度を取られていただけに、近寄りがたく感じてしまう。

しかし、そんないずみに迫田は笑顔《えがお》を浮かべながら大きくうなずいた。

「へい！　以後よろしくお願いしやす！　部屋はアニキの部屋の隅で構わねぇんで！」

迫田の言葉を聞いて、左京が両腕を組んだ。

「俺が構う。そもそも、オーディションを受けることはお前に言ってなかったはずだが？」

「へへっ、アニキのことならお見通しっす！　合格っての聞いて、急いで荷物まとめてきたっす！」

左京の切れ長の目が吊り上がる。

「つまり、勝手に俺の後をつけてきたんだな？」

そう言いながら迫田の指を摑《つか》んだ。

「ああ――っアニキ！　エンコは！　エンコはめ――っ！」

「ま、まさか指つめ――!?」

バタバタと暴れる迫田を見て焦るいづみに、左京は呆れたような目を向けた。

「ひねっただけだ。大げさな奴め」

左京があっさり解放すると、迫田は涙目でうずくまっている。

「ええと、どうしましょう？　迫田さんも寮に入ります？」

いづみが首をかしげてたずねると、迫田は勢いよくうなずいた。

「へい！」

「こいつは俺がつまみ出す」

左京が後ろから迫田の襟《えり》ぐりを摑むが、迫田はめげない様子で声を上げた。

「通いでもいいっす！」

「……通う気か」

左京の口ぶりは呆れを通《とお》り越《こ》して、諦め交じりだった。

「迫田さんが毎日押しかけることを考えると、やっぱり一人部屋がいいんじゃないですかね」

臣が助《たす》け舟《ぶね》を出すようにそう告げると、左京もわずかにためらいながらうなずく。

「……悪いな。そうさせてもらう」

「それじゃあ、臣くんと太一くんは一〇五号室、一〇六号室を左京さんが使ってください」

いづみがそうまとめると、臣と太一もうなずいた。

「よろしくな、太一」

「はいッス！」

「一応入寮日は来週の土曜日ってことで、各自準備を進めてね」

いづみはひと悶着《もんちゃく》ありながらもなんとか部屋割りを終えた五人に、そう声をかけた。


それから一週間後の土曜日、寮は秋組メンバーの引っ越し作業で慌ただしい雰囲気に包まれていた。

邪魔《じゃま》にならないようにと、自然とリビングに集まっていたいづみと春組のシトロン、茅《ち》ヶ崎《がさき》至《いたる》はソファでのんびりとお茶を飲んでいる。

「いよいよ秋組始動ダネ～」

「引っ越しは終わったの？」

至がいづみにそう問いかけると、いづみが考え込むように首をかしげる。

「ちょっと時間がかかってるみたいで、みんな終わるのは夜かな」

いづみが手伝いも兼《か》ねて様子を見に行った時、臣と太一の部屋は問題なく片づいていたが、万里と十座の部屋は揉《も》めてばかりでろくに作業が進んでいなかった。

どっちのベッドを使うかから始まり、物の置き場所がどうだの、相手の私物の趣味《しゅみ》がどうだのと揉める姿を思い返しながら、いづみは内心ため息をつく。

「歓迎会するヨ！」

シトロンがうれしそうに手を叩くと、いづみも微笑んだ。何はともあれ秋組の新団員がきちんと揃ったことは喜ばしいことだ。

「うん！　今日は歓迎の意味も込めて昨日から仕込んだカレーだよ！」

いづみがキッチンに鎮座《ちんざ》する巨大《きょだい》な鍋《なべ》を示すと、至が呆れたように口元をゆがめる。

「安定のカレー。期待を裏切らない」

カレー好きのいづみが食事当番の日は間違いなくカレーになる。いつも同じだと不満を言おうにも、三百六十五通りのカレーレパートリーを持ついづみには、カレーはカレーでも同じではないという理屈《りくつ》で通用しない。

「楽しみネ！」

至と対照的に、シトロンはいづみのカレー攻撃《こうげき》を意にも介さず、にっこり笑った。

片づけを終えた太一と臣がリビングに顔を出したのは、いづみの目算通り夜になってからだった。

「なんかいい匂《にお》いがするッス」

くんくんと鼻を鳴らしながら、太一が匂いの出所を探《さぐ》るように首をめぐらせる。

「夕飯はカレーかな」

香辛料《こうしんりょう》のつんとするような独特の匂いをかぎ分けて、臣がキッチンを見やると、いづみがカレー皿を手にキッチンから出てくるところだった。

「あ、二人ともちょうどよかった。夕食の支度《したく》ができたよ」

そう言って湯気を立てるカレーを掲《かか》げてみせると、臣がわずかに目を見開いた。

「え？　カントクが食事の支度をしてるのか？」

「うん。前は、支配人がやってたんだけど、味がちょっと……だったから」

いづみは言葉を濁《にご》しながら、最初に寮を訪れた日のことを思い返す。

闇鍋《やみなべ》とでもいうような、名状しがたい支配人の料理は、誰も口にすることができない代《しろ》物《もの》で、カレーにすることでなんとか事なきを得たという出来事があった。あれ以来、支配人の料理が寮の食卓《しょくたく》にのぼることはない。

「監督としての仕事もあるのに、大変だな」

心底感心しているような臣に、いづみが少し照《て》れ臭《くさ》そうに笑う。

「たまに綴くんが手伝ったりしてくれるから、なんとかなってるよ」

「じゃあ、俺も手伝おうか。料理ならそれなりにできるし」

臣が微笑むと、いづみはぱっと目を輝かせた。

「本当？　ありがとう！」

春組、夏組に加えて秋組の団員が増え、十五人分の食事を作るとなると、結構な大仕事だ。しかも育ちざかりを含む男所帯の食欲は底なしということもあり、人手はいくらあっても困らない。

「腹減ったッス〜」

「みんな、荷物の整理は終わったかな？」

太一がお腹《なか》をさすって眉を下げると、いづみはテーブルに皿を置きながらたずねた。

「俺と太一はほぼ」

「左京さんも迫田さんが手伝って終わったみたいッス」

二人の返事を聞いて、いづみが思案気に首をかしげる。

「じゃあ、あとは十座くんと万里くんか……悪いんだけど、様子見がてら呼んできてくれるかな？」

「わかった」

「了解ッス！」

臣と太一は同時にうなずくと、談話室を出ていった。

一方、万里と十座に割り当てられた一〇四号室は不気味な沈黙に包まれていた。

散々言い争いを続けた結果、日暮れを過ぎても段ボール箱はほぼ手つかずのまま残されている状況《じょうきょう》を、二人ともようやく不毛だと感じたのだろう。お互い背を向けたまま黙々《もくもく》と作業を進めている。

「……てめぇ、一体どういうつもりだ」

万里の方を振《ふ》り向《む》くこともなく、十座が低く投げかける。

「あぁ？」

万里も十座の方を見ることはなかったが、ぴたりと手を止めた。

「芝居に興味なんかこれっぽっちもねぇだろ」

「だから？　てめぇにどうこう言われる筋合いねーし」

万里が鼻で笑うと、十座が顔をしかめながら振り返った。

「んだと？」

続けて万里も十座を振り返る。

「つーか、お前が俺との勝負バックレっからだろ。ケンカしねぇなら、演劇とやらで勝負つけてやるよ。そもそも、その面《つら》で芝居とかクソウケんだけど。ヤンキーとチンピラ以外の役できんのかよ」

揶揄《やゆ》するように万里が笑うと、十座が近くの壁《かべ》を拳《こぶし》で殴りつけた。

鈍《にぶ》い音が響《ひび》く。

「なんだぁ？　やっとやる気になったかよ？」

万里が剣呑な目つきで一歩十座に近づくと、十座も万里を睨みつけながら一歩前に進んだ。

「……俺はマジで芝居に向き合おうと思ってる。てめぇが生半可な気持ちでジャマしようってんなら、俺はてめぇを許さねぇ」

十座の目がぎらりと光る。その奥《おく》にあるのは怒《いか》りだけではない。自らが大切にしているものを傷つけられた悲しみと、それを守ろうとする固い決意が含まれていた。

「望むところだ。まどろっこしいことしないで、ケンカで勝負つけようぜ」

万里の挑発《ちょうはつ》を受けて、十座が万里の襟ぐりに掴みかかる。と、同時に万里も十座の襟ぐりを掴んだ。

ギリギリのところで保たれていたものがとうとう決壊《けっかい》しようとした瞬間、部屋のドアが開いた。

「二人とも、今、すごい音したけど何か――」

「うわあ！　ケンカッス!?」

顔をのぞかせた臣と太一が目を丸くする。

「ジャマだ！」

「下がってろ！」

見事に揃った万里と十座の一喝を受けて、太一が怯んだように体をのけぞらせる。

「あわわ――」

「ったく」

　臣は臆することなくずかずかと部屋に入り込むと、万里と十座に近づいていった。

「お、臣クン、危ないッスよ⁉」

　心配そうに見守る太一をよそに、臣は今にも殴り合いを始めようとする二人の頭を大きな手でがしっと押さえ込んだ。

「おーらおらおら、ケンカはやめろ～。夕飯できたみたいだぞ。腹減ってんだろ」

　朗《ほが》らかな口調に対して、その力はかなり強い。万里と十座が一瞬息を詰《つ》まらせる。

「臣クン、朗らかに割って入るとか、超人ッス」

　明らかに戦意をそがれた様子の二人を見て、太一が感心したように声を上げる。

「ケンカすんなら、プロレスでもやるか～。ケンカプロレスは伏見家の伝統でな～」

　そう言いながら、十座の手を取ってくるりとひねる。

「――いっ、さりげなくリストロックすんな！」

　十座が痛みに顔をしかめると、臣は笑いながら十座の手を解放した。

「んだよ、てめぇ。ジャマすんなら――」

　目を吊り上げて臣に食ってかかろうとする万里の腕を、太一が慌てて引く。

「あ、あ！　万《ばん》チャン、今日の夕飯は監督先生のお手製のカレーッスよ！　万チャンは何カレーが好きッス？　俺はチキンカレーッス！」

「は？　カレー？　別になんでも……つーか、今はそれどころじゃ」

唐突《とうとつ》な質問に面食らいながらも万里が答えると、太一はそのままぐいぐいと万里をドアの方へと引っ張っていった。

「いい匂いするッス。早く食べるッス」

「おい――」

太一のペースに巻き込まれて万里が部屋を後にすると、つかの間静寂《せいじゃく》が戻る。

「おら、十座も行くぞ。みんなに食べられちまう」

うつむいて黙り込んでいる十座の肩を、臣がポンと軽く叩く。

しかし十座は何も答えないままだった。

「どうした？」

臣がたずねると、十座が握《にぎ》り締《し》めた自分の拳を見つめる。

「……臣さん、俺が摂津の挑発に乗せられてカッとなったら、今みたいに止めてくれますか。本気で芝居やるって決めた以上、俺は変わらなきゃいけねぇ。この拳に頼ったら、劇団に迷惑かけちまう」

ぐっと十座の拳に力がこもる。

今まで幾度となく誰かを傷つけ、自分の身を守ってきた拳だった。けれど、舞台に立つ役者にこの拳は必要ない。十座は覚悟《かくご》を決めたように目を閉じた。

「十座……」

臣がわずかに戸惑っていると、十座は臣に向かって軽く頭を下げた。

「頼みます」

真剣《しんけん》な表情の十座を見つめながら、臣が困ったように微笑む。

「わかったよ。俺たち仲間になるんだしな」

そう告げると、十座の頭に軽く手を乗せた。

「ほら、行こう」

臣に促されて、十座はようやくその場から動き出した。


夕食を食べ終えたいづみは、きょろきょろと辺りを見回しながら廊下《ろうか》を歩いていた。

(左京さん、部屋にいなかったみたいだけど、どうしたんだろう)

他のメンバーが全員夕食を終えようとしているのに、左京は一向に談話室に現れなかった。

部屋に呼びに行った太一から姿が見えなかったと聞いて、いづみが探しに来たのだった。

ふと、中庭に続く窓に影《かげ》が映ったように見えて、足を止める。

いづみが中庭の扉を開けると、左京がいつになくぼんやりとした表情で立っていた。

「左京さん」

声をかけると、驚いた様子もなく振り返る。

「……お前か」

「夕食の時間ですよ。早く食べないと、特製カレーがなくなっちゃいます」

「ああ。すぐに行く」

そう答えながらも、すぐには動こうとしない左京の隣にいづみが並ぶ。

月の明かりがうっすらと二人の足元に影を落とした。

「――あ、そうだ。オーディションに来てくれてありがとうございました。うれしかったです」

「お前の父親には恩があるからな。それを思い出しただけだ」

いづみが礼を言うと、左京は素っ気なくそう答える。

(恩って、なんだろう。稽古場に出入りしてたくらいだから、付き合いも長いのかな)

そんなことを考えていたいづみを、左京がちらりと見やった。

「……ただし、俺が来たからには今までみてぇなヌルい運営はさせない。覚悟しとけよ」

一切《いっさい》の妥協《だきょう》は許さないというような真剣な口調の左京の言葉を聞いて、いづみはごくりとつばを飲み込んだ。

お金に細かい左京の経営戦略や経理に関する話はいったん始まると長い。それだけ劇団のことを考えているともいえるが、いづみにとっては耳の痛い話ばかりだった。

「お、お手《て》柔《やわ》らかに……」

戦々恐々《せんせんきょうきょう》とするいづみに、左京はにやりと笑ってみせた。借金取りとしての顔とは打って変わった、親しみやすい表情だった。その変化が、左京が本当に同じ劇団の仲間になったということをいづみに感じさせる。

(いつか左京さんからお父さんや昔の劇団の話が聞けたらいいな……)

いづみはそう思いながら、左京と共に中庭を後にした。

第2章 ポートレイトⅡ 兵頭十座

——ずっと、違《ちが》う誰《だれ》かになりたかった。

幼《おさな》い頃《ころ》から周りの子どもとは違っていた。同い年の子どもたちよりも頭一つ分大きく、かわいげのない無口な子どもだった俺には、家族以外誰も寄りつかなかった。学校に入学しても、無表情で眼光の鋭《するど》い俺は何もしていなくても同級生に怯《おび》えられ、担任の教師でさえ腫《は》れ物《もの》に触《さわ》るように扱《あつか》った。

この外見をネタに打ち解けられるほど社交的な性格でもなく、誰もが扱いに困るかのように遠巻きにしていった。

そのうち、目立つ外見のせいでケンカを売られることも多くなった。

降りかかる火の粉を払《はら》っていただけで、いつの間にか地元一の不良と呼ばれるようになっていた。

そんな俺が演劇に興味を持ったのは、中学一年の文化祭がきっかけだ。友達のいない俺にとって学校行事は苦痛でしかなかったが、劇の出し物をやることに決まった時、不意に光が射した気がした。

劇の中でなら、違う自分になれる。舞台上《ぶたいじょう》で違う誰かになれば、大嫌《だいきら》いな自分から変われるんじゃないか。

そう思って、配役決めで名乗りを上げようとしていた俺に、教師は開口一番大道具係を頼《たの》んできた。

教師なりにクラスに打ち解けられない俺に気を使ったのだろう。黙《だま》り込んだ俺に対して、教室中から伺《うかが》うような視線が突《つ》き刺《さ》さった。

あれ以来、希望を持つことはやめた。

それでも趣味《しゅみ》で芝居《しばい》を観《み》に行くたび、舞台への憧《あこが》れは募《つの》っていった。

そんな時だ。いとこの椋《むく》が舞台をやると聞いたのは。

時々親戚《しんせき》の集まりで顔を合わせる椋は、自分と目が合っただけでビクビクする気の弱そうなやつだった。それがどうして芝居なんてと思っていたが、舞台の上に立つ姿を見てはっきりわかった。

椋はオドオドしていた時とは別人のように堂々と、躍動《やくどう》していた。あいつも俺と同じように自分の殻《から》を脱《ぬ》ぎ捨《す》てたかったんだと、その瞬間《しゅんかん》に理解した。

と同時に、激しい憧れと嫉妬《しっと》に襲《おそ》われた。

あいつみたいに、俺も変わりたい。今の自分とは違う自分になりたい。

オーディションのチラシを見て、自分を変える最後のチャンスかもしれないと思った。なんとしてでもこの劇団に入りたい。そんな気持ちで、オーディションを受けた。

正直、無事に入団できたことが、今でも信じられない。

でも、劇団に入ったからには、絶対に今までの自分と変わってみせる。この舞台が、孤《こ》独《どく》だった俺の最後の希望だから——。

ずっと、芝居への憧れを抱《いだ》きながら、目を背《そむ》け続けた『後悔《こうかい》』を繰《く》り返《かえ》しはしねえ。

十座《じゅうざ》が寮《りょう》の廊下《ろうか》でじっと暗い窓の外を見つめていた時、ふと後ろから声がかかった。

「——十《じゅう》ちゃん」

立っていたのは椋だった。少し遠慮《えんりょ》がちに、十座を気遣《きづか》うように見つめている。

「椋……」

椋は名前を呼ばれると、ほっとしたようにふわりと微笑《ほほえ》んだ。

「入団おめでとう」

心底うれしそうに祝福の言葉を口にする椋を、十座は黙ったままじっと見つめた。

椋は舞台の上でなくても、変わった。十座と視線を合わせてもビクビクしなくなった。

以前の椋との変化をまざまざと見せつけられて、十座は目を細める。

「十ちゃんと一緒《いっしょ》にお芝居ができるなんて思わなか——」

「ここでは俺に話しかけるな」

椋の親しげな言葉を、ぴしゃりと遮《さえぎ》る。椋は冷や水を浴びせられたかのように、口をつぐんだ。

そんな椋からそっと目をそらし、十座は先を続ける。

「俺とお前が身内だってことは、ぜってぇもらすな」

「でもボク、十ちゃんって人が夏の舞台を観に来たこと言っちゃって……」

「……まず、俺のことを十ちゃんと呼ぶのをやめろ」

言い聞かせるように十座がそう告げると、椋の顔がゆがんだ。

「あ、ごめん、十ちゃ……十座さん。ボクと親戚だなんて知られたら、やっぱり迷惑《めいわく》だよね……」

椋が悲し気に目を伏《ふ》せると、十座が驚《おどろ》いて椋の方を見た。

「あ？　違――」

否定するよりも先に、椋は焦《あせ》ったように踵《きびす》を返した。

「練習がんばってね、それじゃ――！」

そのまま逃《に》げるように立ち去ってしまった椋の背中を見つめて、小さく舌打ちをする。

自分みたいな不良と身内だってばれたら、評判を下げるのはお前の方だろう。だから、今は言えない。

そんな十座の心のうちは椋には伝わらなかったのだろう。言葉が足りないのは十座の欠点の一つだ。

十座が近寄りがたいのは目つきの悪さだけが原因ではない。自己主張せず、自分の考えを口にしないがために、周囲の人々の誤解を招くのだ。

でも、芝居で変わってみせる。一歩踏《ふ》み出す勇気をくれた椋が誇《ほこ》れる身内になる。そうしたら、その時は――。

十座は決意を新たにすると、拳《こぶし》をぎゅっと握《にぎ》り締《し》めた。

第3章 ジェイルハウス・ロック

秋組《あきぐみ》が加入してから数日後——全劇団員が談話室に呼び出された。

さすがに十五人揃《そろ》うと椅子《いす》が足りなくなる。ソファを背にして床《ゆか》に座《すわ》っていた春組リーダーの佐久間咲也《さくまさくや》が、壁際《かべぎわ》に立つ同じ春組の碓氷真澄《うすいますみ》に声をかけた。

「全体ミーティングって何するんだろうね？」

「さあ」

ソファには、先に来ていた万里《ばんり》と十座《じゅうざ》が並んで座っていた。そっぽを向いて、あからさまに不本意というのを全身で表している。

「お前、あっち座れよ。近いのは部屋ん中だけで十分」

万里が顔をしかめてそう告げれば、十座も眉根《まゆね》を寄せて返す。

「だったら、お前があっち行け」

「ああん？」

二人が同時に顔を見合わせてメンチを切り始めると、すかさずダイニングテーブルの椅子に座っていた太一《たいち》と臣《おみ》が立ち上がった。

「はいはい、万《ばん》チャン、あっち座ろ～！」

「十座、お前はこっちな」

太一がさっきまで臣が座っていた席に万里を引っ張っていくと、臣は十座をその場に留めたまま、自分が隣《となり》に座る。

引《ひ》き離《はな》されながらもしばらく睨《にら》み合いを続ける二人の顔を、太一と臣が無理やりそっぽを向けさせた。

その様子を向かいのソファで面白《おもしろ》そうに眺《なが》めていた至《いたる》が、隣のシトロンに話しかける。

「組を越《こ》えた全体ミーティングなんて初めてじゃね」

「きっと、ビンゴゲームネ！」

「それはどうだろう」

「ワタシ、無人島所有権狙《ねら》うヨ！」

「規模でかすぎ」

どう考えても借金を抱《かか》える貧乏《びんぼう》劇団主催《しゅさい》のビンゴゲームの景品ではない。

テレビの前の一角には夏組《なつぐみ》メンバーが固まっていた。膝《ひざ》を抱えて座っていた三角《みすみ》がうれしそうにぐるりとリビングを見回す。

「人いっぱい～」

「全員集合ってなると、やっぱ、秋組歓迎会《かんげいかい》？」

一成《かずなり》が軽く指を鳴らしながら声を上げると、隣の椋《むく》が首をかしげた。

「昨日の夜やったのに？」

「お昼だからたこパとか！」

いづみも一成たちの会話をなんとなしに聞きながら、首をひねった。

（左京《さきょう》さんが劇団の規律に関してのミーティングをするって言ってたけど……規律ってなんだろう）

ドアの横に腕《うで》を組んで立っている左京に目をやると、左京がゆっくりと動き出した。

「……全員集まったな？　始めるぞ」

左京に全員の視線が集まる。

「入団にあたって、まずお前らに言っておくことがある。——迫田《さこだ》」

「へいっ」

左京の呼びかけで、すぐ脇《わき》に控《ひか》えていた迫田がささっと大きな横断幕を取り出した。

いづみを始め、団員たちが怪訝《けげん》そうに見つめる中、迫田が丸まった横断幕をするすると広げていく。

「ＭＡＮＫＡＩ寮《りょう》・新スローガン……？」

「みそ・こんにゃく・セロリ生活……？」

臣に続いてシトロンが、やけに達筆で書かれた文字を読み上げる。

「質素・倹約《けんやく》・節制生活だ」

左京が眼鏡を押し上げながら、シトロンの読み間違《まちが》いを訂正《ていせい》した。

「控えおろー！　アニキの作ったスローガンだぞ！　題字迫田ケン！」

横断幕を掲《かか》げた迫田が声を張り上げる。

「なんでまた急に」

「経営が苦しいのかな？」

一成と椋が同時に首をかしげた。

「まず、風呂《ふろ》は各組ごとに持ち時間二十分の中で入れ」

「え!?　二十分!?」

「軍隊か……」

左京の言葉を聞いて、咲也が目を丸くし、至が顔をしかめる。

「五人で入るとかムリ。俺は監督《かんとく》と入る」

「却下《きやつか》！」

「却下だ」

真澄のつぶやきに、すかさずいづみと左京が突っ込むと、真澄は不本意そうに眉をひそめた。

「次に、夜十時消灯とする。ブレーカーを落とすから、以降電気は使えないと思え」

「マジか。深夜アニメが消えた」

「早すぎ!!」

さっきよりも遥《はる》かに深刻そうな表情を浮《う》かべる至に続き、一成も抗議《こうぎ》の声を上げる。

「それから……ああだこうだ……あれも節約これも節約あれもこれもカット……」

あちこちから上がる非難をものともせずに、左京はその後もつらつらと厳しい戒律《かいりつ》を並べ立てる。

(細部にわたる節約計画が……!)

「さすがにそこまでやるのはムリなんじゃ……」

節約というよりは、もはや軍隊か刑務所《けいむしょ》かというような内容に、いづみも顔を引きつらせた。

「ムリムリ!」

「横暴すぎる」

「困る～」

一成や至、三角が声を上げると、それに他の団員たちも続く。

「うるせぇ!」

左京の一喝《いっかつ》で、しんとリビングが静まり返った。

「お前ら、この寮の水道・光熱費がどれくらいだと思ってんだ!?」

団員たちが顔を見合わせる。経費に関してはいづみすら知らされていなかった。

「支配人、どれくらいなんですか？」

いづみの問いかけに、支配人が首をかしげる。

「……どれくらいなんでしょう？」

「知らないんですか!?」

驚《おどろ》くいづみに対して、支配人はへらっと笑顔《えがお》を浮かべた。

「一切払《いっさいはら》ってないんですけど、請求《せいきゅう》が来たことがないのが、劇団七不思議の一つなんです〜」

「いや、それは七不思議にしちゃダメでしょ!?」

「……至急確認《かくにん》しておけ」

いづみが勢いよく突っ込みを入れていると、左京が静かにそう告げた。

支配人はへらへらと笑いながら生返事を返す。

「普通《ふつう》、払わなかったら電気も水道も止められるはずだけど」

「そうだよね」

臣の言葉にいづみも不思議そうにうなずいた。止められていないということは、誰《だれ》かが寮の維持《いじ》費を払っているということになる。

「改めて言っとくが、このMANKAIカンパニーが俺たちの組に積み上げた借金は一千万。期限までに返済できなかったら、劇場は容赦《ようしゃ》なく潰《つぶ》す。その条件は忘れてないな？」

緊張感《きんちょうかん》に欠ける支配人に左京がすごむと、支配人が大きくのけぞる。

「えええっ、でもそれは古市《ふるいち》さんが入団する前の話で……仲間になったし借金の件もチャラになったんじゃ……」

「んなわけねぇだろ！」

ひえええと小さく悲鳴を上げる支配人を横目に、いづみも内心落胆《らくたん》する。

(少しは条件がゆるくなったりしないかとは思ってたけど、甘《あま》かったか……)

「まだまだ借金、残ってるんですか？」

臣の問いかけに、左京があっさりうなずいた。

「春・夏公演のもうけで少しは返済されたが、先は長い。具体的に今後どうやって返していくつもりだ。監督さんと支配人の松川《まつかわ》は何か考えてんのか」

左京に水を向けられて、いづみはおどおどと視線をさまよわせる。

「え、ええと……」

(冬組までの公演を無事に終わらせることしか考えてなかった……！)

そんなことを口にすれば、左京の説教がもう一時間延長されることは間違いない。怪《あや》しむような視線を向けられて、いづみが言いあぐねていると、横から支配人が口をはさんだ。

「フルール賞です！」

「え？」

いづみが目を丸くすると、支配人は得意げに言葉を重ねた。

「その年、最も優《すぐ》れた舞台《ぶたい》に贈《おく》られる日本最高峰《さいこうほう》の演劇賞ですよ！　賞金は一千万！　これさえ獲《と》れば、一発で借金完済です！」

おお、と周囲で聞いていた劇団員たちが声を漏《も》らすと、左京が呆《あき》れたように鼻を鳴らした。

「こんな潰れかけのヘッポコ劇団がそう簡単に獲れるか。初代でもノミネートまでしかいかなかったんだ」

「初代でも……」

初代MANKAIカンパニーの質の高さは、倉庫に残っていた昔の映像でいづみも知っている。

（今のうちの実力じゃ、ノミネートすら厳しい……）

現在いる劇団員の中で、芝居《しばい》経験者は夏組の天馬《てんま》だけだ。それ以外は全員、この劇団に入ってから演劇を始めた。

まだ一度の舞台しか経験していないメンバーで最高峰の賞を目指すのは無謀《むぼう》というより不可能だった。

「ムリゲー」

至のつぶやきに、その場にいた全員が同意する。

「そんな……じゃあ、どうすれば？」

一気に意気消沈《いきしようちん》した様子で、支配人がうなだれる。

「全国公演だ」

その場の空気を一転させるように、左京がぴしゃりと言い放った。

「全国公演？」

首をかしげるいづみに、左京が続ける。

「新生MANKAIカンパニー旗揚《はたあ》げ公演の演目を、順次地方の劇場を回って行うことで、収益を上げろ」

左京の言葉を聞いて、あ、といづみが大きく口を開けた。

「そうか。それなら、MANKAI劇場を他の組の公演で使ってる間も、公演ができますね」

うれしそうにそう告げると、一成が声を上げる。

「全国旅行とかテンアゲ～！」

「炭鉱できるネ！」

「観光な」

一成に続いたシトロンの言い間違いを、すかさず至が訂正した。

話を聞いていた支配人も納得《なっとく》したように何度もうなずく。

「その手がありましたか〜。初代もやってましたね！」

「それ以外にもファンイベントや黒になりやすい物販《ぶっぱん》で、地道に収益を上げていく。具体的には……うんぬんかんぬん」

左京がつらつらと具体案を並べ立てるのを聞いて、いづみが内心感心する。

（すごい。グッズ案やファンミーティングのことまで詳細《しょうさい》に考えてる……）

この劇団で一番借金返済についてよく考えているのが、借金取りである当の左京というのがなんとも奇妙《きみょう》だ。

「いや〜、経理兼《けん》経営戦略長はさすがですね！　頼《たの》もしい！」

借金を重ねた張本人の支配人がのんきに左京を持ち上げていると、左京が呆れたように目を細めた。

「いつからそんなものになった」

「え？　そうですよね、監督？」

「え？　えーと、そうですね」

突然《とつぜん》支配人から振られて、いづみは曖昧《あいまい》に相槌《あいづち》を打つ。

「まったく……」

左京はため息をついただけで、否定することはなかった。

（私と同じ流れで押しつけられてる……）

支配人は普段《ふだん》おどおどしている割に、妙なところで押しが強い。

父の情報を求めて観客として訪《おとず》れたいづみに、主宰《しゆさい》兼総《そう》監督という大役を突然押しつけてきたのも支配人だった。

「ま、借金を返す返さないは別として、俺も目指すべきだとは思うがな」

左京は表情を和《やわ》らげると、何気ないふうにそうつけ足した。

「何をですか？」

「フルール賞。お前の親父《おやじ》が届かなかった領域だ」

左京の言葉で、ふといづみの脳裏《のうり》に昔の記憶《きおく》がよみがえる。

（そういえば、中学の時、お父さんからフルール賞にノミネートされたって電話がかかってきたっけ……あの時のお父さん、いつになく興奮してた。改めて、それだけすごい賞なんだよね。結局、翌年には蒸発しちゃったけど……）

喜んでいた父の声が苦い思いと共に掻《か》き消える。何故《なぜ》父がいなくなってしまったのか、その謎《なぞ》はいまだ解けないままだった。

「ビロード町では、次のフルール賞受賞は神木坂《かみきざか》レニ率いるGOD座《ゴッドざ》が最有力だと言われてます」

支配人がそう説明すると、幸《ゆき》が顔をしかめた。

「GOD座ってあの嫌《いや》な奴《やつ》がいるとこか」

幸は以前、ビロードウェイで公演のビラ配りをしていた時に、GOD座の団員とひと悶《もん》着《ちゃく》起こしていた。

「目指せGOD座越え！」

幸をなだめるように、一成が明るく拳《こぶし》を掲げる。

「オー！」

「おおー！」

一成のかけ声に、シトロンと三角が応えた。

「借金か……俺たち秋組も頑張《がんば》んないとな」

「ああ」

臣が穏《おだ》やかながらも気を引《ひ》き締《し》めるようにつぶやくと、十座がうなずいた。

「まぁ、なんとかなんじゃね」

まったく気にもかけていない様子で軽く流す万里の隣で、太一は何か考え込むように押《お》し黙《だま》っていた。

「まずは足固めで秋組はもちろん、冬組公演まで確実に成功させることだな」

左京がいづみにそう投げかけると、いづみはしみじみとうなずいた。

「そうですね……」

（フルール賞はもっとその先だ……！）

まずは新生MANKAIカンパニーとして春夏秋冬の四つの組の団員を揃え、借金を返済する。劇団を存続させることができなければ、フルール賞など望むべくもない。

いづみは気持ちを新たに、前方を見据《みす》えた。

「さて、それじゃあ、いよいよ今日から本格的に秋組の稽古《けいこ》を始めるわけだけど――」

秋組の稽古初日。いづみがメンバーにそう切り出した時、稽古場のドアが不意に開いた。

「失礼しま～す。秋組発足《ほっそく》記念の差し入れです～」

両手にお菓子の箱をいつも抱えた支配人が稽古場へと入ってくる。

「差し入れ？」

春組の時も夏組の時も、そんなものはなかった。

いづみが首をかしげていると、箱の中身をのぞき込んだ太一が声を上げた。

「なんスか、このピンクのまんじゅう」

「鳥っぽい形だけど……」

太一に続いて臣が考え込んでいる。

土産物《みやげもの》のようなパッケージの箱には、みっちりとピンク色のまんじゅうが詰《つ》め込まれていた。まんじゅうには黒い目らしきものと、黄色いくちばしのようなものがついている。

「オイ！　オレを食うのかヨ⁉」

そのとき、パタパタと羽音を響《ひび》かせながら、オウムの亀吉《かめきち》が飛んできた。亀吉は、初代MANKAIカンパニーの頃《ころ》からこの寮に住むマスコット的存在だ。

「もしかして、これ亀吉か」

左京が、亀吉とピンク色のまんじゅうを見比べる。

「若干《じゃっかん》つぶれてるけど、このオウムの顔みたいですね」

なるほど、と臣も同じように亀吉とまんじゅうを見つめた。

「こんなものいつの間に⁉」

いづみの知る限り、まだ劇団で公式グッズのようなものは作ったことがなかった。いづみが驚いていると、支配人が照《て》れ臭《くさ》そうに頭を掻く。

「劇場の名物にしようと思って、発注したんですけど、大量に売れ残ってしまって……古市さんの物販の話で思い出しました！」

あっけらかんと言い放つ支配人を見る左京の目が、とたんに吊《つ》り上がった。

「松～川～……！」

支配人の頭に拳を押しつける。

「いだだだ！　頭をぐりぐりしないでください！」

支配人が半泣きになりながら助けを求めるが、借金をさらに膨《ふく》れ上がらせるような支配人の行為《こうい》を弁護してくれる者は誰もいなかった。

「まあ、せっかくの差し入れだし、ありがたくもらおうか」

左京の叱責《しっせき》を受ける支配人を横目に、いづみがメンバーに目くばせする。

「食うなら食えヨ！　煮《に》るなり焼くなり、腹の足しにしろヨ！」

まんじゅうに手を伸《の》ばしかけたいづみたちの頭上を、亀吉が飛び回る。

「食いづらいッス！」

思わず手を止めた太一に対して、十座があっさりまんじゅうを口に放り込んだ。

「……もぐもぐ」

「さすが、兵頭《ひょうどう》。血も涙《なみだ》もねぇ」

万里が呆れたような感心したような口調で十座を見つめるが、十座は気にする様子もなく、もう一つ口に放り込んでいる。

美味《おい》しそうに頰張《ほおば》る十座につられて、太一もまんじゅうに手をつけた。

「じゃあ、俺も一つ——ぐっ」

一口かじりついた太一が、急に喉《のど》を詰まらせたように動きを止めた。

「……うぐっ」

隣でまんじゅうを口にした臣も口を覆《おお》ってむせている。

「なんだよ、お前ら。ただのまんじゅうだろ——ぶっ」

怪訝そうにまんじゅうにかじりついた万里も、太一や臣とまったく同じように固まった。

（みんなの顔色がこころなしかピンク色に……）

一体どんな味なのかと戦々恐々《せんせんきょうきょう》とするも、いづみも勧《すす》めてしまった手前いらないと言えずにまんじゅうに手を伸ばす。

（怖《こわ》いけど、私も食べてみよう……）

意を決してまんじゅうを口に含《ふく》んだとたん、いづみは咀嚼《そしゃく》する口の動きを止めた。

（もんのすごく甘い……ピーチ味……！）

舌が拒否《きょひ》するような甘さだ。嚙《か》み砕《くだ》くのを諦《あきら》め、そのまま丸呑《まるの》みする。

「ギブッス」

「まっず」

「一個で十分かな……」

いづみと同じようになんとかまんじゅうを飲み込んだ太一、万里、臣が稽古用に持ち込んでいた水をがぶ飲みする。

「古市さんもどうぞ！」

空気を読まない支配人が笑顔で勧めると、左京はげんなりした表情で箱を押し返した。

「この惨状《さんじよう》見て、食うバカがどこにいる」

「……もぐもぐ」

「いるッス……！」

一人黙々《もくもく》とまんじゅうを食べ続けている十座を見て、太一が驚愕《きようがく》の表情を浮かべる。

「十座くん、無理して食べなくていいんだよ？」

「……もぐもぐ」

いづみが気遣《きづか》うように告げるが、十座はひたすらまんじゅうを詰め込んでいる。

「平気な顔して食い続けるとか、頭だけじゃなくて舌までバカなのか」

「……もぐもぐ」

馬鹿《ばか》にしたように万里が告げるが、十座は睨みつけるだけで、まんじゅうを食べる手を止めようとはしなかった。

「四羽《わ》めだな」

「その数え方、残酷《ざんこく》ッス！」

感心したような臣のつぶやきに、太一が突っ込む。

「十座くん、もしかして気に入った……？」

まさか、といった口調でいづみがたずねると、十座は五羽めをごくりと飲み込んだ。

「――食いもん粗末《そまつ》にするわけにはいかねぇだろ」

「十座サンかっけぇッス！　オトコの中のオトコ！」

両手にピンクのまんじゅうを持ち、低い声でもったいない精神を披露《ひろう》する十座に、太一が感嘆《かんたん》の声を上げる。

「万里はここでは勝負しなくていいのか？」

臣がからかうように万里に水を向けると、万里はふいっとそっぽを向いた。

「……別に。こんなんで勝っても意味ねーし。舌バカ優勝はゆずる」

「……もぐもぐ」

「お前、マジで単に味が気に入っただけだろ⁉」

揶揄《やゆ》する万里に目もくれずまんじゅうを食べ続ける十座に、万里は思わず声を荒《あら》らげた。

結局、亀吉まんじゅうはひと箱すべて十座が消費する結果となった。残りの箱も十座が引き取ることで話がまとまり、ようやく稽古が再開された。

「それじゃあ改めて稽古を始めたいと思うんだけど、まず最初に秋組リーダーを決めるね」

そう言って、いづみがメンバーの顔を見回す。

「今後はリーダーが中心になって随時《ずいじ》、ミーティングを開いて、稽古の内容を復習したりしてほしいの。ちなみに春・夏組は旗揚げ公演の主演が座長兼リーダーを務めたけど、秋組はどうしようか」

「より責任が必要になるし、秋組もその方がいいだろう」

いづみの問いかけに、左京が答える。

「じゃあ、そうしましょう。この中だと、経験や年齢《ねんれい》からいって左京さんが適任だと思うんだけど……」

いづみは左京にうなずいてみせた後、他のメンバーに意見を求めた。

「たしかに」

「いいと思うッス」

いづみに同意する臣や太一に対して、左京があっさり首を横に振る。

「いや、俺には伸びしろがない。まとめることはできても、それだけだ。若い奴にやらせろ。その方がいい経験になるし、チーム全体の成長も見込める。その代わり、サポートはする」

「……そうですか？」

それ以上無理《むり》強《じ》いをするわけにもいかず、いづみは他のメンバーに視線を移す。

「じゃあ、誰か、主演とリーダーをやりたいって人はいる？」

（夏組だと、全員が手をあげたんだよね……）

いづみは夏組の主演を決めるミーティングのことを思い返しながら返事を待つが、誰も手を挙げようとしなかった。

唯一《ゆいいつ》十座が口を開きかけたが、逡巡《しゅんじゅん》の後結局何も言わずに再び口を閉じた。

「――この四人の中なら、断然俺だろ。監督ちゃんもそれわかってんじゃねーの？」

特にやる気があるというふうでもなく、淡々《たんたん》と万里がそう告げる。話し合いをさっさと終わらせたいというような口ぶりだった。

（たしかに、演技の素質って意味では万里くんだけど……演劇の熱意っていう意味では十座くんの方が上なんだよね。演技については、これから稽古でいくらでも伸ばせるし、十座くんはどうかな）

いづみが思案気に十座の方を見やる。十座はいづみと目が合うと、一瞬《いっしゅん》もの言いたげな顔をしたが、そのまま目をそらしてしまった。

十座の頭をよぎったのは、中学生の頃の記憶だった。配役決めで手を挙げようとした十座に、教師が大道具役を任せてきた時のことが、十座の動きを止めさせる。

自分みたいな人間がリーダーになれるわけがない、ふさわしくない、そんな思いが十座の胸に重くのしかかる。自分を好きになれない十座の自信のなさの表れだった。

（目をそらされちゃった。うーん、やりたくないってことなのかな）

いづみが答えあぐねていると、代わりに左京が口を開いた。

「おい摂津《せっつ》。お前、座長の責任の重さをちゃんとわかってんのか？」

真意のほどを確かめるような、挑《いど》むような目で万里を射抜《いぬ》く。万里はだるそうに首を傾《かたむ》けた。

「んなこたしらねーけど……ここにいる誰よりもうまくこなす自信はある。アンタよりもな」

そう言って左京の視線を撥《は》ねのけるように睨み返す。

そのまま数秒睨み合った後、左京が小さくうなずいた。

「いいだろう。しっかりやれよ、『リーダー』」

釘《くぎ》を刺《さ》すように告げられて、万里はただ鼻を鳴らした。

「みんなもそれでいい？」

いづみの問いかけに、臣と太一がうなずく。

「俺は構わないよ」

「俺っちもそれでいいッス」

十座だけは何も答えなかったが、異論も出なかった。

「それじゃあ、万里くんが主演兼リーダーってことで決定ね」

（とはいえ、本当に大丈夫《だいじょうぶ》かな……）

春組の咲也も夏組の天馬も、タイプは違えど演劇に対して思い入れの強い二人だった。その熱意がリーダーとしてメンバーを引っ張る原動力の一つになったともいえるだけに、万里の態度にはどうしても不安が残った。

「……おい」

考えに耽《ふけ》っていたいづみに左京が小さく耳打ちをする。

「え？」

「摂津はこの中でダントツに芝居への本気度が薄《うす》い。リーダーは一つのいいきっかけになるだろう」

左京があえて万里をリーダーに推《お》したとわかって、いづみがはっとする。左京もいづみと同じ懸《け》念《ねん》を抱《いだ》いていたのだ。

「おい、何こそこそしてんだよ？」

「お前には関係ねぇ話だ」

怪訝そうにたずねる万里を、左京が鼻であしらう。

（たしかに、これをきっかけに芝居に本気になってくれれば、きっと万里くんはもっと伸びる……左京さんの言う通り、万里くんの可能性に賭《か》けてみよう……！）

リーダーになるならないに関係なく、舞台に上がる以上、芝居にきちんと向き合ってもらわなければならない。

いづみは不安を振り払うように、顔を上げた。

MANKAI寮の朝は慌《あわ》ただしい。高校生組の登校時間はほとんど変わらないだけに、洗面所を始め、談話室も玄関《げんかん》も込み合う。

「椋、まだ？」

聖フローラ中学の水色の制服に学校指定のローファーを履《は》いて、出かける支度《したく》を済ませた幸が廊下《ろうか》に声をかける。

「ごめん、今行くね！」

ぱたぱたと軽い足音と共に椋が駆《か》けてくる。同じ制服を着た幸と椋が二人で仲良く出かけていく姿は、朝のおなじみの光景だ。

最近はこれにまた別の組が加わった。

「十座サン、一緒《いっしょ》に登校しましょっ！」

太一が先に玄関を出ようとしていた十座に声をかけると、十座は戸惑《とまど》ったような表情を浮かべる。

「いや、俺は――」

十座が断ろうとしたとき、ちょうど同じ欧華《おうか》高校の学ランをまとった天馬が靴《くつ》を履くところだった。

太一も十座も天馬も学ランは学校指定の制服だが、着崩《きくず》し方でずいぶんと印象が違う。

太一は白いYシャツの中に黒いプリントTシャツをのぞかせて、かなりラフな印象だ。

一方天馬はカシミアのセーターを合わせてどこか品が良い。Yシャツのボタンを開けただけの一番オーソドックスなはずの十座は、その立ち居振《ふ》る舞《ま》いのせいで何故か一番ガラが悪く見えた。

「一緒に行くなら、うちの車に乗せてやるけど？」

売れっ子俳優である天馬は、マネージャーに車で送《おく》り迎《むか》えしてもらっている。寮の前に停《と》まっている黒い高級車を見て、太一が目を輝《かがや》かせた。

「まじッスか！　おなしゃす！　ほら、行きましょ、十座サン！」

「いや、だから俺は一人で――」

太一に促《うなが》されながらも、十座は一人離《はな》れていこうとする。

人から遠巻きにされがちな十座は、誰かと登校するということに慣れていないのだろう。

「早く乗れ。遅刻《ちこく》するだろ」

「ほらほら！」

天馬と太一に急《せ》かされ、十座は半ば強引《ごういん》に車に押し込められた。

いづみは玄関からそんな三人の姿を微笑《ほほえ》ましそうに見つめ、手を振った。

「みんな、いってらっしゃい！」

（学生組はこれで全員出たかな？）

そう思いながら振り返ると、慌ただしく階段を下りてくる足音が聞こえてきた。

「真澄くん、早く起きないと遅刻しちゃうよ！」

真澄の腕を引きながらやってきたのは咲也だ。後に続く真澄は歩きながら寝息《ねいき》を立てている。

「真澄くん！」

咲也が何度呼びかけても真澄はまったく反応しない。

朝に弱い真澄を咲也が引きずって登校する姿も、毎朝繰り返されている光景だ。

（あ、花咲《はなさき》学園組がまだか）

学ランの欧華高校に対して、花咲学園の制服はブレザーだ。

同じ制服を着た咲也と真澄が出かけると、もう一人の花咲学園組もちょうど廊下を歩いてくるところだった。

「ふあぁ、ねみ……」

あくびをする万里は何故か私服姿だ。

「あれ？　万里くんはまだ準備しなくていいの？」

「三限から行く予定」

かったるそうに答える万里の顔を、いづみが心配そうにのぞき込む。

「え？　体調でも悪いの？」

「だるい」

「風邪《かぜ》？　熱はかってみる？」

重ねてたずねるいづみに、万里はひらひらと手を振った。

「一限と二限、体育と数学だから」

「行きなさい！」

悪びれもせずサボりを公言する万里を、いづみが呆れ交じりに叱咤《しった》する。

「ふああ……くそねみ」

万里の後ろから、さっきの万里とまったく同じような調子で歩いてくるのはスーツ姿の至だ。

（こっちにも眠《ねむ》そうな人が……）

「至さん、クマがひどいですよ？　歌舞伎《かぶき》役者みたいです」

目の下にくっきりとクマが表れているものの、顔が整っているだけに、あまりやつれて見えない。至は気だるそうに口を開いた。

「ここんとこ寝《ね》てないから」

「お仕事、忙《いそが》しいんですか？」

いづみが心配そうにたずねると、至が首を振ってそれを否定した。

「『ブラウォー』のランキング争いがはかどる」

「……ブラウォー？」

いづみではなく、横にいた万里が反応する。

「スマホゲーム」

至がそう説明すると、いづみが目を丸くした。

「ゲーム……!?」

「知ってるっす。俺もやってるし」

徹夜《てつや》の理由がゲームだと知っていづみが呆れる一方、万里はそういう意味で聞き返したわけじゃないと告げる。

「『NEO《ネオ》』って奴死ぬほどうざい……今日も仕事の合間に戦績稼《かせ》がないと……最悪有給使って……」

（社会人とは思えないつぶやきが……！）

いづみが顔を引きつらせていると、万里が軽く手を上げた。

「あ、NEOって俺っすけど」

「は？」

万里の発言で、眠そうに閉じかけていた至の目が見開かれる。

「ランキング争いってことは、至さんが『たるち』っすか。昨日の深夜、一瞬俺が戦績抜《ぬ》いたっしょ」

「……まじでお前がNEOかよ」

互《たが》いにしかわからない情報で、ハンドルネームを確認し合う。

（たるちって……至さんのハンドルネームかわいいな）

ゲームには疎《うと》いいづみは、よくわからない会話を聞き流しながらそんなことを考えていた。

「神ゲーマーって聞いてぶっ潰そうと思ったのに、なかなかマウントとらせてくんねーんだもん」

万里が嘲《あざけ》るように告げると、至が顔をしかめる。

「粘着《ねんちゃく》うざい」

「ちょ、ちょっと、二人とも、ゲームのことでケンカなんて――」

睨み合う二人を見て、慌てていづみが仲裁《ちゅうさい》しようとすると、至が万里の肩《かた》をぽんと叩《たた》いた。

「今日の夜、共闘《きょうとう》付き合え。難易度HELLの突入《とつにゅう》メン足りなかったから丁度いい」

「了解《りょうかい》っす」

万里も意外なほど素直《すなお》にうなずく。

「じゃ、また。いってきます」

「え？　あ、いってらっしゃい……」

いづみは拍子抜《ひょうしぬ》けしたような表情で、出かけていく至を見送った。

（なんだかよくわからないけど、一緒に遊ぶことになったのかな？）

同じレベル帯のプレイヤー同士、協力することで楽に攻略《こうりゃく》できるというメリットがあるという事情は、ゲームをやらないいづみにはわからない。

「俺はもう少し寝よ」

あくびをしながら部屋に戻《もど》ろうとする万里を、いづみが慌てて追った。

「ダメ！　ちゃんと行かないと、卒業できなくなるよ？」

「余裕《よゆう》、余裕。俺、頑張んなくてもテストで点とれんだわ」

「そんなわけないでしょ!?」

すかさず突っ込むと、万里はふざけた様子もなく肩をすくめた。

「マジで。常に学年で5番以内だし、十分だろ」

「だからって、出席日数足らなかったらダメだから！」

「ちゃんと計算してるって」

「そういう問題じゃ――！」

さらに言《い》い募《つの》ろうとしたとき、向こう側から左京が歩いてきた。

「何、朝っぱらから騒《さわ》いでんだ？」

「左京さん……」

困ったようないづみの表情と、私服姿の万里を見比べて、左京の目がすっと細くなる。

「摂津、学校は？」

「別に行かなくても、なんでもできるんで、自主休学」

「なんでもできるか……」

左京がふ、とわずかに苦笑《くしょう》する。

「また説教っすか。ガッコ行けって？」

左京は万里の挑発的《ちょうはつてき》な態度を怒《おこ》るでもなく、小さく鼻を鳴らす。

「俺も大して行ってなかったしな。お前に説教できる立場じゃない」

そこまで言って、万里をまっすぐに見据えた。

「ただ、お前は勘違《かんちが》いをしている。お前はなんでも完璧《かんぺき》にできるわけじゃない。そこそここなすだけだ。向上心が低いから全能感にひたれるんだよ。その辺をよく理解しておけ」

痛烈《つうれつ》な一言を浴びせられ、万里が一瞬言葉を詰まらせる。

左京はそんな万里の表情を確認した後、万里といづみの横をすり抜けていった。

「じゃあな」

「あ、左京さん、いってらっしゃい！」

いづみが慌てて左京に声をかけると、左京の足が一瞬止まる。

長く一人暮らしをしていた左京にとって、誰かから朝こうやって送り出されるというのは、学生の頃以来だ。

「――いってくる」

左京は一瞬どんな表情をしたらいいか迷うように視線をさまよわせた後、小さくつぶやいて、玄関へ向かった。

「チッ。偉《えら》そうに」

万里は左京の背中を見つめて忌々《いまいま》しそうに舌打ちをすると、自分の部屋の方へと再び歩き始めた。

「万里くん、学校！」

いづみの呼びかけにも生返事を返すだけで、足を止めることはなかった。

「もう……」

いづみもそれ以上追いかけることはせずに、諦めたようにため息を漏らす。

（確かに万里くんは、お芝居も練習なしで人並み以上にこなせてる。でも、そのせいで必死になったりすることもないし、情熱を持つことができないのかもしれない。どうしたら、もっとお芝居に情熱を持ってもらえるんだろう。何がきっかけになるのかな……）

いづみは考え込むように、万里が消えた方向をじっと見つめた。

「じゃあ、今日はここまで」

パンと手を打つと、いづみは秋組のメンバーを集合させた。

秋組の稽古も最初は遊びの延長のようなメニューをこなしていたが、回数を重ねるうちに、不器用なメンバーも段々と芝居をすることに慣れ始めていた。いづみはこの辺りで、そろそろ演劇らしい稽古を始めようと考えていた。

「明日からはエチュードの稽古を始めるから、この紙に書いてあるセリフを各自覚えてきて」

そう言いながら、A4の紙を配る。

「自分の役だけでいいのか？」

「うん。まずはね。後々ローテーションでやってもらうけど」

いづみが十座の質問に答えていると、左京が口をはさんだ。

「やるなら、複数のパターンを考えさせた方がいいんじゃないか」

「――ああ、そうですね」

「複数のパターン？」

首をかしげる臣に、いづみが説明をつけ加える。

「同じセリフでも感情や状況《じょうきょう》が違えば、演技が変わるでしょ？　人物の設定によっても演じ分けができるから、いくつかパターンを考えてきて」

「なるほど」

「了解ッス！」

感心したようにうなずく臣に続いて、太一も威勢《いせい》よく返事をした。

「で、いいよな、リーダー？」

「あ？　いんじゃないっすか」

左京が確認すると、万里はおざなりに答える。

「ってか、俺に聞かなくてもいいでしょ、別に」

「てめぇがリーダーだろうが」

「コーチが二人いるようなもんだし、リーダーはなんにもしなくても大丈夫だって」

ふてくされるでもなく、本気でどうでもいいと思っているような万里に、左京が顔をしかめる。

（コーチが二人……確かに左京さんってどっちかっていうと団員より指導する側って感じがするかも）

いづみ自身、左京に対しては他の団員たちと違って、教えるというよりは対等な立場のような感じがしてしまう。

「そういう問題じゃねぇだろ」

「へいへい」

左京が万里の態度をたしなめても、万里は軽く返事をするだけだった。

「それじゃあ、また明日ね」

「お疲《つか》れさま」

「お疲れッス！」

「っした」

いづみが話をまとめると、臣、太一、十座が挨拶《あいさつ》をする。

「リーダー、この後のミーティングはどうすんだ？」

さっさとその場から去ろうとした万里に、左京が声をかける。

「はあ？　知らないっすよ。いらないでしょ」

「じゃあ、今日は解散だな」

「……いちいち、うぜー」

万里は面倒そうにつぶやくと、そのままドアの方へ向かっていった。

十座たち他のメンバーも解散という言葉を聞いて、それに続く。

（一向にリーダーとしての自覚も芽生えないみたいだけど、大丈夫かな……）

いづみが心配そうにドアの方を見たとき、ドアの横に立っていた綴《つづる》が軽く手を上げた。

「お疲れー」

「あれ？　綴くん、いつからいたの？」

「秋組脚本《きゃくほん》の相談がてらちょっと見学っす」

綴は稽古場を出ていく秋組メンバーに道を譲《ゆず》りながら、いづみに答える。

「ああ、そろそろ書き始めてもらわないと間に合わないね」

「支配人から初代秋組は身体能力に長《た》けた役者が多くて、派手なアクションがウリだったって聞いたんすけど……今回もそんな感じでいってもいいっすかね？」

「うん、いいと思う。みんな、体を動かすことは得意そうだし」

十座と万里の場合は体を動かすことイコールケンカかもしれないと内心つけ加えながら、いづみがそう告げる。

「了解。で、万里が主演でいいんだよな？」

「うーん、まあ……」

いづみが迷うように言葉を濁《にご》す。

（主演兼リーダーって決めたんだし、それはいいんだけど……やっぱりちょっと万里くん一人に任せるのは不安だな。舞台全体がそつなくまとまるだけで終わらせたくない）

ただこなすだけでは、観客の心には響かない。舞台に立つ役者の姿勢は、演技の質とは関係なく不思議と観客に伝わるものだということを、演劇経験者としていづみはよくわかっていた。

「主演は万里くんだけど、十座くんにも大きな役を当てるっていうのはどうかな」

いづみの提案に、綴が首をかしげる。

「十座？」

「理由はまだわからないけど、秋組の中で一番十座くんがお芝居への気持ちが強いと思う。十座くんが中心になったら、舞台全体が化ける可能性があるような気がする」

まだそこまで個人的にいろいろと話をしたわけではなくても、十座の態度から、演劇にかける気持ちはいづみにも十分伝わってきていた。

春組、夏組公演と、技術だけではなく演劇に対する情熱がメンバーを変え、舞台のクオリティを押し上げてきたのを目の当《ま》た《あ》りにしてきただけに、十座の可能性は見過ごせなかった。

「万里と十座か……」

「難しい？」

いづみが不安そうにたずねると、綴の目が何か面白いものを発見したかのように光を帯びる。

「いや、アイディアがあるんだけど、俺に任せてもらえね？」

「もちろん！　それじゃあ、よろしくね」

「っす」

綴はにっと笑うと、力強くうなずいた。


その翌週の週末、談話室では朝食を終えたシトロンと至、万里が何やら熱心に話し込んでいた。

「あそこは前衛がトラップ解除するべきネ」

「同意」

「いや、後衛でしょ」

シトロンと至の言葉を、万里が否定する。

「リーダーの命令は絶対。戦場の鉄さんダヨ」

「鉄さん？」

「鉄則」

至が言い間違いを訂正すると、シトロンはそれそれ、とうなずいた。

「……なんの話だろう？」

三人の話を横で聞くともなしに聞いていたいづみが首をかしげると、太一が答えた。

「スマホゲーの話みたいッス」

（あの三人、すっかりゲーマー仲間だな）

十座とは相変わらずケンカばかりの万里も、それ以外のメンバーとはそれなりにうまくやっていた。

「そういえば、明日の夕食は俺が当番なんだけど、みんな何食べたい？」

洗い物を終えてキッチンから出てきた臣が、談話室にいるメンバーに声をかける。

「俺、肉食いたいッス！」

「……俺も」

太一に続いて十座が肉を希望する。臣はそれにうなずきながら、ダイニングテーブルでノートパソコンを広げている左京に視線を向けた。

「左京さんは？」

「なんでもいい」

ディスプレイから目を離さない左京の答えを聞いて、臣は少し考え込んだ後、口を開いた。

「じゃあ、今夜スペアリブ漬《つ》け込《こ》んで、前菜は生ハムのアボカドチーズ巻きにしよう」

「女子力高いね!?」

「このリクエストでそんなシャレオツなメニュー出てくるとは思わなかったッス！」

すらすらと雑誌のおもてなし特集に載《の》っていそうなメニューを提案する臣に、いづみと太一が思わず声を上げる。

「どっかのカレー屋とはえらい違いだな」

左京がにやりと意味ありげにいづみを見ると、いづみはむっとしたように口を尖《とが》らせた。

「何か言いました!?　カレーについてなら一時間もらいますけど!?」

「いらん」

左京が苦笑交じりに断った時、談話室のドアが開いた。

「はあ、はあ……」

ふらふらと足元のおぼつかない様子で、綴が談話室に入ってくる。

「綴くん？」

「どうしたんだ？　顔色悪いぞ」

いづみと臣が心配そうに歩み寄ろうとした時、綴の身体がぐらりと傾いた。

「おい――!?」

そのままソファに倒《たお》れ伏《ふ》した綴に、焦《あせ》ったように十座が声をかける。

「平気、寝てるだけ」

「脚本できたヨ」

「は？　何言って――」

至とシトロンがいたって冷静に告げると、万里が眉をひそめる。

「これ、握《にぎ》りしめてるの、脚本ッス！」

太一が綴の手元を見て声を上げた直後、倒れた綴の口元から寝息が漏れてきた。

「寝息か」

ほっとしたように左京が息をつく。

「秋組旗揚げ公演『なんて素敵《すてき》にピカレスク』……？」

「書き上げて力尽《ちからつ》きたのか」

臣と万里も脚本を認めて、拍子抜けしたような表情を浮かべる。

「部屋運んどくか」

至がそう言いながら綴の肩に手を置くと、シトロンも反対側の腕を取った。

「ワタシも手伝うヨ！」

「ヨロ」

そのまま綴は両脇を至とシトロンに挟《はさ》まれ、担《かつ》ぎ上《あ》げられた。

「じゃあ、悪いんだけど、二人とも綴くんのことよろしくね」

「えんやこらダヨ」

シトロンと至はいづみにうなずいて、何をされても起きない綴と共に談話室を出ていった。

「私たちはさっそく脚本読ませてもらおう」

いづみは脚本を秋組メンバーに配ると、自分も目を通し始めた。

内容は初代秋組の方向性を踏襲《とうしゅう》した、マフィアのアクション劇だった。

オールドアメリカンの雰囲気《ふんいき》を残す舞台で、犬猿《けんえん》の仲のマフィア二人が無理やりコンビを組まされるという筋書きだ。

配役もすでに決まっており、主演のルチアーノが万里で準主演のランスキーが十座、二人のボス、カポネを左京、ランスキーの弟ベンジャミンが太一、そしてランスキーを脅《おど》す検事デューイが臣となっていた。

（十座くんのことどうするのかと思ってたけど、バディものにするなんて思わなかった……これならW主演みたいにできる。脚本の内容も面白いし、さすが、綴くん……！）

一通り読み終えたいづみが感嘆の息を漏らす。

「……率直《そっちょく》に言って、面白い」

「……ああ」

左京の言葉に、十座がうなずく。

「まあ、悪くないんじゃね」

「アクションシーン満載《まんさい》で派手になりそうッス！」

「主役二人組もいいキャラクターだし、俺の悪役っていうのもなかなか面白そうだ」

万里のまんざらでもなさそうな言葉に続き、太一と臣も興奮した様子で脚本をほめる。

「十座くんと太一くんは兄弟役だね！」

いづみがそう声をかけると、十座は少し考え込むように視線を伏せた。

「病弱な弟……か」

「よろしくッス、兄ちゃん！」

太一は十座の複雑な表情にも気づかない様子で、にっと笑った。

（でも、バディものっていうことは……）

いづみが気づかわしげに十座と万里の方を見た時、左京が口を開いた。

「だが、この芝居は摂津と兵頭の息が合わないと総崩れになる」

「……ですね」

いづみが神妙《しんみょう》な表情で同意する。

「チームワーク、か……」

「ちょっと厳しいかも……っすねー」

十座と万里も反発することなく素直に認める。

「一人ならどうにでもなるんすけど」

万里の言葉を聞いて、いづみはゆっくりと首を横に振った。

「この脚本はあくまでもバディものってところが最大のポイントだから、一人じゃ意味ないよ」

「んじゃ、せめてこの大根以外で」

「てめぇ――！」

万里が肩をすくめてみせると、十座が目を吊り上げた。

（前途《ぜんと》多難すぎる……）

いづみと左京のため息が同時に漏れる。

「……多少の荒療治《あらりょうじ》は必要か。迫田！」

「へい！」

まるで手品のように左京の傍《かたわ》らに現れた迫田を見て、いづみが目を丸くする。

（いつからいたの……!?）

「アレよこせ」

「――どうぞ！」

（アレで通じるんだ……）

阿吽《あうん》の呼吸で通じ合う二人の会話を見守っていると、迫田が鈍《にぶ》く銀色に光る手錠《てじょう》をさっと取り出した。

「え、それって……!?」

「まさか……」

「まずくないッスか!?」

ヤクザと手錠という不穏《ふおん》な組み合わせを見て、いづみに続き臣と太一も顔を引きつらせる。

「荒療治って言っただろうが。二人とも、手、貸せ」

左京が避《さ》ける暇《ひま》も与《あた》えない素早《すばや》さで、十座の腕を取る。

「おい、やめろ……」

「ふざけんなよ――！」

慌てて逃《に》げようとした万里を、迫田が後ろから羽交《はが》い絞《じ》めにした。

左京が手にした手錠の鎖《くさり》がじゃらりと鳴る。

「うるせぇ、じっとしてろ。すぐ終わる」

「――っ」

「やめろ!!」

十座が息を呑《の》み、万里が叫《さけ》んだ直後、ガチャリと留め具がハマる無情な音が響いた。

「……マジ最悪」

「……うるせぇ。聞き飽《あ》きた」

万里がそっぽを向きながら顔をしかめると、隣に座った十座もうんざりした様子で顔を背《そむ》ける。

「監督ちゃん、どうにかなんねぇのかよ⁉」

「そ、そう言われても、鍵《かぎ》は左京さんが持っていっちゃったから……」

（荒療治って、まさか、二人を手錠でつなぐとは思わなかった……）

左京は二人の手を手錠でつないだ後、コンビとして息が合うまで外さないと豪語《ごうご》し、そのまま鍵を持って仕事に行ってしまった。

「夕方まではそのままで過ごすしかないな」

「おつかれッス」

臣と太一が同情するような視線を向けると、万里が忌々しげに舌打ちをする。

「うるせぇ。耳元で舌打ちすんな」

「俺だってしたくてしてんじゃねぇよ！」

十座が大仰《おおぎょう》に顔をしかめると、万里が声を荒らげる。

「うるせぇ。耳元で怒鳴《どな》るな」

行動のすべてにケチをつけられ、万里がたまりかねたように身を乗り出した時――。

「うるせぇ。耳元で鼻息漏らすな」

絶妙《ぜつみょう》なタイミングで十座に畳《たた》みかけられ、万里は一瞬言葉を詰まらせた。直後、大きく息を吸《す》い込《こ》む。

「いちいちうるせぇのはてめぇの方だろうが‼」

「まあまあ、落ち着いて」

「俺、飲み物でも持ってくるッス！」

そのまま至近距離《きより》で殴《なぐ》り合いでも始めそうな二人を臣と太一がなだめる。

（これは二人ともストレスが溜《た》まりそうだな……）

四六時中一緒にいるとなると、仲が悪くなくても気疲《きづか》れするし、ストレスも溜まる。いづみは心配そうに二人を見つめた。


「おい、ふざけんな。俺は台所に行きてぇんだよ」

「俺は、便所に行きてぇんだよ」

万里と十座が別々の方向へ向かおうとした瞬間《しゅんかん》、手錠の鎖がぴんと張り、同時に二人の体がのけぞる。

「あぁ？」

「あぁん？」

イライラした表情でメンチを切り始める二人に、たまたま通りかかった一成と三角が近づいてきた。

「何、何、どしたん？」

「ケンカだ～」

「俺は腹減ってんだよ」

「便所だっつってんだろ！」

一成と三角に構わず、万里と十座は険しい表情で睨み合う。

「あ～、そいえば、今稽古のイッカンで、手錠つけられてんだっけ？」

一成はそう言いながら二人の手首にぶらさがった手錠を見下ろした。

それからいいことを思いついたとばかりに、指を鳴らす。

「んじゃさ、オレ代わりにキッチンからなんかおやつ持ってくるよん」

一成に続いて、三角が目を輝かせて手を上げる。

「じゃあ、オレは代わりにトイレに行ってくる～」

「待てや、コラ！」

トイレの方へ走っていく三角の背中に、十座の突っ込みが突《つ》き刺《さ》さった。


夕方、キッチンに飲み物を取りに来たいづみは、冷蔵庫を開けたまま、あ、と声を上げた。

（そうだ、牛乳がきれてたんだっけ。今日は臣くんが食事当番してくれるし、ちょっと買

ってこよう)

他にも必要なものがないか、念のため確認をしてから足早に玄関に向かう。

と、玄関ドアの方を向いて、無言のまま仁王立《におうだ》ちしている万里と十座を見つけた。

「二人とも、玄関先で仁王立ちして、どうしたの……?」

「左京さんが帰ってくるのを待ってる」

「……あと少しだろ」

そう言いながらドアをじっと見つめる二人の目は完全に据わっていた。

「そ、そっか……」

(敵を待ち構える武将のようだ……)

鬼気迫《ききせま》る様子の二人にそれ以上何も言えず、いづみはそそくさと靴を履いた。

「それじゃあ、私はちょっと買い出し行ってくるね」

そう言い残して、寮を出る。

(あの二人、手錠でチームワークがよくなるどころか、余計に悪化したような気がするけど、大丈夫かな……)

いづみが気づかわしげにドアを振り返った時、突然後ろから突き飛ばされた。

「――っ!?」

いづみが地面に倒《たお》れ込みながら、後ろを振り返ると、自転車に乗った怪しい黒ずくめの男が、いづみのカバンを握り締めていた。

（あ、カバンが――！）

気づいた瞬間、男が猛然《もうぜん》と自転車をこぎだす。

「待って、返して――！」

大声で叫ぶが、あっという間に男の姿は遠ざかっていく。

「監督ちゃん？」

「どうした？」

怪訝そうに寮から出てきた十座と万里に、いづみが焦った様子で小さくなっていく自転車の男を指差す。

「あの自転車の男、ひったくり！」

いづみが言い終わるか終わらないかというタイミングで、十座が自転車の男を追って駆けだした。

「――っ、お、おい！　急に走んな！」

十座に引きずられるようにして万里がたたらを踏《ふ》む。

「待てや、コラ！」

十座のドスのきいた声に驚いた自転車の男が振り返った。

「しょうがねぇな――」

万里が仕方なく十座に並走《へいそう》する。

「もっと速く走れよ。追いつけねぇだろうが」

「どっちが――」

張り合うように二人のスピードが上がった。自転車の男も舌打ちしながらペダルを踏むスピードを速める。

「――くそ、しつけぇな」

万里と十座も引き離されないよう追いかけるも、さすがに自転車相手では、じわじわと離されてしまう。

「おい、こっちから回るぞ。どうせ、このまま行けば商店街で足止め食う」

万里はそう言って、脇道の方へ顎《あご》をしゃくった。

「――わかった」

十座も素直にうなずいて、方向転換《てんかん》をする。

「……はあ、はあ。ここまで来れば……」

ビロード駅前で自転車を止めた男は、ダラダラと汗《あせ》を流しながら息を切らしていた。あたりをきょろきょろと見回しながら、隠《かく》すようにいづみのカバンを抱え込む。

そのまま、駅に向かおうとした男の前に十座が立ちふさがった。

「──おい、バッグ返せ」

びくっと男が飛び上がり、とっさに踵《きびす》を返す。

「おっと、逃げらんねぇからな？」

男の前に、今度は両腕を広げた万里が立ちふさがる。

「く、くそ！　どけ！」

男はカバンを持った腕を振り上げた。

「──っ」

腕は見事十座の顔に命中し、鈍い音と共に十座の顔が傾く。

痛がるでもなく、ゆっくりと顔を起こした十座を確認して、万里がにやっと笑った。

「……殴ったな？」

「殴ったな」

万里の言葉に、十座がうなずく。

「正当防衛だ」

「だな」

低くつぶやきながら、二人が男との距離を一歩詰める。

「ちょうどよかった。むしゃくしゃしてたところだ」

「俺もだ。初めて気が合ったな」

ポキポキと首や肩を鳴らす二人に囲まれるようにして逃げ場を失った男は、ひっと息を呑み込んだ。

「万里くん、十座くん、大丈夫!? ひったくり犯は――!?」

並んで帰ってきた二人にいづみが声をかける。

「これ」

万里が無造作に突き出してきたのは、ぐったりとうなだれた黒ずくめの男だった。

「捕《つか》まえられたの!?」

「相手、自転車だったんだろ? よく追いつけたな」

いづみが目を丸くすると、いづみに事情を聞いていた臣も感心したようにつぶやく。

「回り込んだから、余裕」

「すごいッス!」

軽く答える万里を、太一が尊敬のまなざしで見つめる。

「これ、監督のカバンだろ。中身、確認しろ」

いづみは十座からカバンを受け取ると、中身をざっと確認した。

「……うん、ちゃんと入ってる」

財布《さいふ》の中のお金もカードも手つかずで無事だった。

「二人とも、本当にありがとう」

いづみがほっとしたように笑顔を浮かべる。

「身内が目の前でやられてんだ。黙って見過ごすわけにはいかねぇだろ」

ぶっきらぼうな十座の言葉を聞いて、いづみがわずかに驚いたような表情になる。

「……身内って思ってくれてるんだ」

まだ付き合いも浅く、十座はそこまで積極的にコミュニケーションをとるタイプではないだけに、そんなふうに思われていることがいづみにとっては少し意外だった。と同時に、うれしく思う。

「――忘れろ」

十座自身、戸惑ったように目をそらす。

十座は身内を大事にする情にあついところがあるが、不器用で、人と簡単に打ち解けられる性格ではない。それだけに、劇団のメンバーをこんなにあっさりと懐《ふところ》に入れていたことに、十座も驚き、気恥《きは》ずかしさを感じたのかもしれない。

（照れてるのかな）

いづみは温かなものが胸に広がるのを感じて、顔をほころばせた。

「それじゃ、この犯人は警察に突き出してこようか」

臣がそう言いながら、ぐったりと座り込んだままの男の腕を摑《つか》む。

「しかし、やけにぼろぼろッスね」

太一が男の姿を眺めながら首をかしげると、万里と十座が同時にそっぽを向いた。

「……転んだんじゃね」

「……かもな」

その様子をいづみが意外そうに見つめる。

(あれ？　なんか二人の雰囲気がちょっと変わったような……？)

常に二人の間にあったピリピリとした空気が、今は不思議と和らいでいた。


「──で、今日の夕飯が遅《おく》れたわけか」

その夜、臣が作った生ハムのチーズ巻きを食べながら事情を聞いていた左京が、低くつぶやく。

「二人とも大活躍《だいかつやく》でしたよ！」

興奮した様子で話し続けるいづみを、左京がちらりと見やる。

「お前はケガなかったのか」

「最初に突き飛ばされて擦《す》りむいたくらいです」

そう言いながらいづみが絆創膏《ばんそうこう》を貼《は》った腕を見せると、左京は小さくため息をついた。

「……気をつけろ」

ぶっきらぼうな口ぶりながら、どこかほっとしたような表情を浮かべている。

「この辺りも最近は物騒《ぶっそう》だな。しばらくは買い出し護衛してやるか」

「ええ!? そんなことわざわざしてもらわなくても、大丈夫ですよ！」

左京から予想外の提案をされて、いづみが驚く。

「過保護だな」

「意外ッス」

やり取りを聞いていた臣と太一が面白そうに横やりを入れた。

「それより、コレ。さっさと外してほしいんすけど！」

「もう限界っす」

万里と十座が焦《じ》れた様子で手錠のついた手を突き出すと、左京は今思い出したかのようにああ、と声を上げた。

「――そうだったな」

ポケットから鍵を取り出すと、あっさりと手錠を外す。

「ほら、外れたぞ」

手錠がなくなった途端《とたん》、万里と十座が同時に大きく息をついた。

「やっと、解放された……」

「それは俺のセリフだ」

「お前、しばらく五メートル以上近寄るな。デトックスしねぇと、血管つまる」

「それも俺のセリフだ」

売り言葉に買い言葉で口喧嘩《くちげんか》を始める二人を見て、左京の目がすっと細まる。

「てめぇら……何も学んでねぇな。もう一回はめるぞ」

じゃらりと手錠の鎖が鳴ると、万里と十座が動きを止めた。

「――げ」

「――勘弁《かんべん》っす」

二人とも心底うんざりという表情を隠さない。

（雰囲気が変わったと思ったのは、気のせいだったか。先は長い……）

いづみはやれやれとばかりに苦笑いを浮かべた。

第4章 一人芝居

脚本《きゃくほん》が完成すると、稽古《けいこ》の内容は基礎《きそ》練習から、公演に向けた本格的なものへと変わる。いづみやメンバーにとっては、難しさが増すのと同時にやりがいも出てくるところだ。

「それじゃあ、いよいよ今日から台本の読み合わせを始めるね。最初は読むだけで大変だと思うけど、全体の流れを掴むところを目標にしてみて」

いづみはそう言いながら、真新しい台本を手にした秋組《あきぐみ》メンバーの顔を見回した。

「はい、冒頭《ぼうとう》から」

いづみの声かけで、初めての読み合わせが始まる。

『話ってなんですか、ボス』

『ルチアーノ、ランスキー、お前ら二人でコンビ組め』

物語はマフィアの一員であるルチアーノとランスキーが、ボスのカポネに呼び出されたところから始まる。

万里《ばんり》も左京《さきょう》も一通りセリフが頭に入っているのか台本をすらすらと読み上げた。

(万里くんはやっぱり器用だな。左京さんとのかけ合いも一発でそれなりになってる。でも、この先どう変わっていけるかっていうと、本人次第《しだい》だな……）

いくら才能があっても、それ以上伸《の》びるかどうかは本人の努力が必要不可欠だ。いづみはじっと万里の将来性を推《お》し量《はか》るように見つめた。

『はあ!?』

『嫌《いや》です』

左京演じるカポネの命令に対して、万里と十座《じゅうざ》が否定のセリフを続ける。万里に比べると、十座のセリフ回しは抑揚《よくよう》に欠けていた。

『そりゃ、俺の台詞《せりふ》だ！　なんで、俺がこのドケチランスキーとコンビなんて！　貧乏《びんぼう》がうつっちまう』

『こっちこそ、シモの病気をうつされそうだ。絶対に嫌です』

『俺の方が嫌だ！』

『うるせえ！　ガキじゃねえんだから、ごちゃごちゃ言ってねえで、さっさと仕事行け！』

（この三人の役の関係性は現実そのまんまだ。十座くんが普段《ふだん》とは違《ちが》ってぎこちないけど……）

そのまま話が進み、太一《たいち》演じるランスキーの弟が登場する。

『兄ちゃんの友達？　僕、ベンジャミン。よろしくね！』

（太一くんは、やっぱり、なんとなくこなれてる感じがする。もう少し芝居《しばい》に芯《しん》が通れば、ぐっとよくなるかも……)

いづみはオーディションの時に感じた印象を改めて思い返していた。経験がないというわりには、演じるということに対して変に構えるということがない。

『ランスキーと血のつながりはねえな』

『100%父親も母親も同じだ。失礼なこと言ってんじゃねえ』

『僕、あんまり外に出られないから、また家に遊びに来てくれるとうれしいな』

三人のシーンが終わると、次は臣《おみ》演じるデューイとランスキーの密談シーンだった。

『確か病気の弟さんがいるんだったな。手術はもうすぐだったか?』

『弟は関係ない』

『手術が成功するといいな。それもお前次第だろうが』

臣のセリフを聞いて、いづみが意外そうな表情を浮かべる。

(温厚《おんこう》な臣くんが悪役ってどうなのかなと思ったけど、意外とはまるかも……演技はまだまだだけど、声にも存在感があるし、いい感じになりそうだな)

内心手ごたえを感じながら、いづみはゆっくりと臣から視線を移す。

(一番苦労しそうなのは……)

「やっぱ、兵頭《ひょうどう》が足引っ張りそうだな」

いづみの心中を代弁するかのように、万里がそう告げる。

「台本もできたことだし、明日からみんなで朝練だね」

いづみは励《はげ》ますように明るく言った。

「はぁ？　できない奴《やつ》に合わせんのかよ」

「自主練ももちろん必要だろうが、本番までの短い期間で少しでも多く合わせることが大切だ。リーダーとしてそれくらいはわかるだろう」

あからさまに顔をしかめる万里を左京がたしなめる。

「――わぁったよ。ったく、面倒《めんどう》くせぇな」

万里は手錠《てじょう》の一件で懲《こ》りたのか、それ以上歯向かうことなくうなずいた。

「臣くんと太一くんもそれでいいかな？」

「もちろん」

「みんなでがんばるッス！」

いづみの問いかけに、臣と太一が笑顔《えがお》で応える。

「……悪いな」

「何言ってんだよ。練習が必要なのは俺も同じだ」

「そうそう、水臭《みずくさ》いッスよ！」

申し訳なさそうな十座の肩《かた》を臣と太一が軽く叩《たた》く。

（万里くん以外の空気はいい感じなんだけどな……）

三人のやり取りを見つめながら、いづみは小さく息をついた。


翌日の早朝、一〇四号室ではいつもより早い時間に時計のアラームが鳴《な》り響《ひび》いた。

時間通り起きた十座が朝練のために着替《きが》えを終えても、万里はベッドに潜《もぐ》ったまま動こうとしない。

「……ふあぁ」

時間を気にするふうでもなく、大きなあくびを漏らして寝返《ねがえ》りを打つ万里に、十座が顔をしかめながら声をかける。

「……おい、朝練は」

「んー、適当に起きるから先行っとけ」

十座は眉根《まゆね》を寄せたが、それ以上何も言わずに部屋を後にした。

朝の陽《ひ》ざしが差し込む稽古場には、まだ誰《だれ》も来ていなかった。十座が一人準備運動を始めると、間もなく臣と太一が姿を現す。

「おはよう」

「おはよーッス！」

「っす」

十座が短く挨拶《あいさつ》を返すと、続けていづみと左京がやってきた。

「みんな、おはよう！」

時計を確認《かくにん》した左京が、十座に声をかける。

「……摂津《せっつ》はどうした？」

「後で来るらしいっす」

十座の返答を聞いて、左京が眉をひそめた。

「それじゃあ、先に始めようか！」

いづみの声かけで朝練は時間通りに始められたが、いつまで経《た》っても万里は姿を現さなかった。

(万里くん来ないな……)

時計とドアを見比べて、いづみの表情が暗くなる。

「今日は、万里くんと十座くんのかけ合いの部分は省いて、その分基礎練にあてようか」

いづみがそう告げると、十座が小さく舌打ちをし、左京がため息をついた。

「やっぱり来ねぇか……」

「俺っち、起こしてきましょっか!?」

太一が手を挙げたが、左京は首を横に振った。

「やる気のねぇ奴はほっとけ。時間のムダだ」

（初日からこれじゃあ、先が思いやられるな）

いづみは気づかわしげにドアを見つめたが、結局その日の朝練に万里がやってくることはなかった。


「いただきまーす」

「いただきます」

配膳《はいぜん》を終えたいづみと十座が席について手を合わせる。

今日の朝食は朝練を終えた秋組メンバーが一番乗りだった。

「うまそうッス！　これ、作ったの臣クンッスか!?」

ほかほかと湯気を立てるオムレツとサラダのワンプレート料理を前に、太一が目を輝《かがや》かせる。

「うん、今日は時間がなさそうだから、昨日の夜のうちにスペインオムレツ作っといたんだ」

「女子力……」

朝練があっても料理に手は抜かない臣の気配りに、いづみが感心したようにつぶやく。

「見習え」

左京にからかうように言われて、いづみは口を尖《とが》らせた。

「私にはカレーがありますから！」

「カレーしかないだろ」

「う――」

いづみが言葉を詰《つ》まらせたとき、談話室のドアが開いた。

「はよー」

かったるそうに姿を現したのは万里だった。

「あ、万里くん――」

「――おい。てめぇ、なんで朝練来なかった」

いづみが声をかけるのと同時に、十座が椅子《いす》を鳴らして立ち上がる。

「適当に起きるって言っただろうが」

「だから、適当に起きただろ」

詰《つ》め寄《よ》ってくる十座に万里は面倒そうに答えると、テーブルに着いた。

「てめぇ――」

十座が殴《なぐ》りかかりそうな勢いで万里の胸倉《むなぐら》を掴《つか》むと、慌《あわ》てて太一が手を振る。

「ケ、ケンカはダメッスよ！」

「まあ、二人ともまずはオムレツ食べろよ」

臣がのんびりと告げて、万里の前にオムレツの皿を置く。

十座はぐ、と拳《こぶし》を握《にぎ》り締《し》めると、自分の席に戻った。

「……つーか、わざわざおめぇらと同じ練習量こなさなくても、ダントツでやれるし」

「万里、そうかもしれないが、今言うことじゃないだろ」

臣がやんわりと万里をたしなめる。

「ほっとけ。言ってもムダだ」

左京が突《つ》き放《はな》すように告げると、万里は小さく鼻を鳴らしてナイフとフォークを手にした。

「たしかに万里くんの演技は、みんなよりこなれてて、うまく見えるかもしれない。現時点では」

いづみは最後に力を籠《こ》めると、いったんそこで言葉を止めた。万里をまっすぐに見据《みす》えて先を続ける。

「でも、役者として持ってる可能性は一番低いよ」

「は？　アンタ、たった今俺が一番うまく見えるって言っただろ」

万里が心外とばかりに眉根を寄せる。

「今だけはね。ただ、断言してもいい。このままじゃ、万里くんの芝居は絶対これ以上伸びない。今の芝居への向き合い方じゃ、この先どんどんみんなに抜かされていくだけだよ」

今まで、役者として、そしてMANKAIカンパニーの総監督《そうかんとく》として、いろんな役者を見てきたからこそ、いづみにはわかる。才能は磨《みが》き続けなければ、それ以上伸びることは絶対にない。

「——じゃ、わかるまで証明してやるよ。これから先もずっと俺がダントツだってな」

万里は鼻で笑うと、オムレツを口に放り込んだ。

(万里くん自身がそれでわかってくれることを祈《いの》るしかないな)

いづみはそれ以上何も言うことなく、万里の顔をじっと見つめた。

『わかってます。俺はあくまでも小間使いでしかない』

団員たちが寝静まった深夜、中庭の虫の声に交じって十座の声が響いた。

『わかってます。俺は——』

何度も繰《く》り返《かえ》したはずのセリフを噛《か》んでしまい、舌打ちをする。

「……くそっ」

苛立《いらだ》たしげに自分の腿《もも》を拳で殴った時、背後から声がした。

「急いでセリフを言おうとするな」

「──左京さん」

左京が中庭のドアに背を預け、十座を見つめている。

「少し間をあけてみろ。それだけで、ずいぶん変わる」

左京のアドバイスを受けて、十座が一呼吸おいて、もう一度セリフを繰り返す。

『わかってます。俺はあくまでも小間使いでしかない』

さっきよりもスムーズだったことに十座自身驚《おどろ》いたような表情を浮かべた。

「……あざっす」

十座が頭を下げると、左京がふっと笑う。

「別にひいきするつもりはないがな。お前にはつい自分を重ねちまう。今のお前は秋組の中で一番実力が低いが、芝居への想《おも》いを諦《あきら》めなければ、絶対に報《むく》われる」

からかうでもなく、真剣《しんけん》な口調で左京がそう告げた。その気持ちが伝わったかのように十座はただうなずく。

「……っす」

素直《すなお》に受け取る十座を見つめながら、左京はそれに、と先を続けた。

「おそらく摂津を変えられるのはお前だけだ」

「摂津を……？」

十座が意外そうな顔をするが、左京はそれ以上説明しようとはしなかった。

「お前には、時間がある。俺と違ってな。いくらでも可能性があるんだ。せいぜい励め」

そこまで言ってさっさと踵《きびす》を返《かえ》す。

「……時間なんて、アンタにもあるだろうが」

去っていく左京の背中を見つめながら、十座はぽつりとつぶやいた。


「今日の稽古はビロードウェイでストリートＡＣＴをするよ。度胸をつけるのが大事だからね！」

人通りの多い週末のビロードウェイの端《はし》っこで、いづみが元気よく声を張り上げた。

それだけの声を出しても、あちらこちらでビラ配りや路上で行われるエチュード、通《つう》称《しょう》ストリートＡＣＴをしている声にかき消されてしまう。

「はいッス！」

「ストリートＡＣＴか……見たことはあるけど、やったことはないな」

いづみに負けないように元気に返事をする太一の横で、臣は考え込むように顎《あご》に手を当てる。

「余裕《よゆう》、余裕」

万里はいつも通りなんの不安も抱《いだ》いていない様子で返事をした。

「全部、アドリブなんだよな」

「そうだ。相手の反応を見て、次の芝居をする」

注意深く確認するようにつぶやく十座に、左京が説明してやる。

秋組メンバー全員が、今回ストリートＡＣＴ初挑戦《はつちようせん》だったが、反応は実に様々だった。

「まずは慣れるところからがんばろう！」

いづみは励ますように声をかけると、辺りを見回した。

（さてと、どの辺りで始めようかな）

多くの劇団員がストリートＡＣＴを行うビロードウェイでは、先に始めている相手に迷《めい》惑《わく》をかけない距離《きより》を保つというのが暗黙《あんもく》の了解《りようかい》になっている。

どこかいい場所はないかと探しながら歩き始めるいづみに、秋組メンバーが続く。

「……ねえ、あれ」

「やばくね」

ふと、ささやくような通行人の声がいづみの耳に届く。

（あれ？　なんだか、今日はビロードウェイの人通りが少ないような……）

さっきまで大勢の人が行きかっていたはずなのに、まったく前を遮《さえぎ》られることなく歩くことができる。

「ヤンキー軍団？」

「ヤクザだろ」

そんな声と共に、向かい側から歩いてきた通行人がさっと道の端に避《よ》けた。

「みんな引いてんぞ」

いづみは万里の言葉でようやく事態に気づいて、唖然《あぜん》とする。

（人通りが少ないんじゃなくて、みんなが私たちを避けて歩いてるんだ……！）

いづみが後ろに引き連れた秋組のメンバーの顔触《かおぶ》れを見て、向かいから歩いてくる人々がことごとく端に避けていく。

「はは、カントクはモーセみたいだな」

「海割るやつッスね！」

朗《ほが》らかに笑う臣に続き、太一も笑顔でうなずく。

「いや、絶対みんなのせいだからね！」

まるでいづみが避けられているようにも見えるが、断じて自分のせいじゃないと主張した。

「ちょっと配置を変えよう。このままだと通行人の迷惑になっちゃう」

いづみはそう言いながら、秋組メンバーを振り返った。

「臣くんが先頭で太一くんが一番後ろ！　横を私がカムフラージュするから！」

一番穏《おだ》やかそうで身長の高い臣で他のメンバーを隠《かく》し、人懐《ひとなつ》っこい表情の太一と見るからに一般人《いっぱんじん》のいづみでごまかそうという作戦だった。

「俺が先陣《せんじん》きってやる」

「一番問題な人が何言ってるんですか！」

前に出ようとする左京を、いづみが突っ込みながら止める。

「じゃ、俺が」

「うんうん」

臣が前を歩き始めると、いづみが満足げにうなずいた。

（これで多少はごまかされるはず……）

そう思っていたいづみの耳に、横を通り過ぎる大学生風の若者たちの声が聞こえてきた。

「おい……あいつ、どっかで見たことあるんだけど」

「先頭のやつ？」

「ほら、昔、西東京一帯シメてた『ヴォルフ』って族のヘッドに似てね？」

（……ん？　やっぱり注目を集めてるような……？）

いづみがきょろきょろと辺りを見回すと、何故《なぜ》か通行人たちが目をそらしていく。

「うわ、マジじゃん！　なんだっけ……確か、『狂狼《きょうろう》』伏見《ふしみ》臣？」

「お、臣くん……？」

穏やかな臣に似つかわしくない二つ名を耳にして、いづみはおそるおそる臣を見つめた。

「あ〜、ちょっと数年前の黒歴史が……気にしないでもらえると助かる」

臣が苦笑いするものの否定はしないのを見て、いづみはがっくりと肩を落とした。

（臣くんも黒だったとは……）

万里と十座の摑み合いにもまったく動じることがないのは、その過去によるものなのだろう。いづみの中で驚きよりも納得《なっとく》の方が大きかった。

「残る望みは太一くん――」

と、太一を振り返ろうとした時、前方から刺々《とげとげ》しい声がした。

「何あの集団、ガラ悪」

「晴翔《はると》。なんでも嚙みつくのはやめなさい」

小柄《こがら》な青年を、スーツを着たやけに目立つ長髪《ちょうはつ》の男がたしなめる。

「あれ？　GOD座《ゴッドざ》の――」

いづみが晴翔に目を留めると、晴翔もいづみを認めて口を開けた。

「アンタ……」

以前いづみと春組《はるぐみ》のメンバーがストリートACTをしていた時、下手くそだと絡《から》んできたのがGOD座の晴翔だった。

GOD座は演劇ファンなら知らない者はいないというほどの有名劇団だ。MANKAI

カンパニーとは比べ物にならないくらいファンが多く、規模が大きい。団員数も多く、自然と団員のレベルも高くなる。

晴翔の周囲を見下すような自尊心の高さは、そんなGOD座でメインキャストを務めているというところからくるものだろう。

「キミたち、もしかして、どこかの劇団の子？」

首をかしげる長髪の男に、いづみが頭を下げる。

「あ、MANKAIカンパニーっていう劇団です。今、私ここの主宰《しゅさい》をしてて――」

「MANKAIカンパニー……？」

男の表情が一瞬《いっしゅん》凍《こお》りつく。いづみを見つめる目が射抜《いぬ》くように冷たくなった。

いづみが怪訝《けげん》そうにしていると、男はすぐに表情を和《やわ》らげ微笑《ほほえ》んだ。

「――あぁ、MANKAIカンパニーか。私はGOD座主宰の神木坂《かみきざか》レニ。以前の主宰の立花《たちばな》さんのことは知っているが、キミとは初めましてだね」

レニの言葉を聞いて、いづみが驚いたように目を丸くする。

「え？　父のことをご存じなんですか!?」

「立花さんの娘《むすめ》……？」

レニがぴたりと動きを止める。

「はい」

「……そうだったのか」

レニは考え込むように長い指を頬《ほお》に当てた。それから含みのある笑みを浮かべる。

その行動はいちいち芝居がかっているが、優雅《ゆうが》でどこか品があり、レニの存在を相手に強く印象づけた。

「彼の娘さんなら最近の活躍《かつやく》もうなずける。次の舞台《ぶたい》はぜひ観《み》に行くよ」

「ありがとうございます。ご招待しますね！」

いづみはレニの複雑な表情に気づかない様子で微笑み返す。

父の消息を探しているいづみにとって、父の昔の知人は貴重な情報源だ。

「楽しみにしてるよ。それじゃ――」

レニは晴翔を促《うなが》して去っていった。

（あの人もお父さんのこと知ってるんだ。いつか、何か話が聞けたらいいな）

そう思いながらレニの背中を見送っていると、臣が辺りを見回した。

「ん？　太一がいないぞ？」

「え？　一番後ろを歩いてたと思ったんだけど」

いづみが振り返ると、臣の言う通り太一の姿がない。

「あそこじゃね」

万里が顎で示すと、少し離《はな》れたところにいた太一が、こちらに気づいた様子で駆《か》け寄《よ》ってきた。

「おい、どこ行ってたんだ？」

「あはは、めっちゃかわいー子見つけて、ついそっち行っちゃってたッス」

十座がたずねると、照れたように頭を掻《か》く。

「なんだ、それ」

万里が呆《あき》れた表情を浮かべた。

「今度は太一くんが先頭歩いて！　カモフラージュの頼《たの》みの綱《つな》はキミだけだよ！」

いづみが太一の肩を叩くと、太一は驚いたように自分を指差す。

「え⁉　俺ッスか⁉」

「……効果ねぇと思うがな」

「やってみないとわからないでしょう！」

馬鹿《ばか》にしたように告げる左京に、いづみが威勢《いせい》よく言い返す。

「じゃあ、行くッスよ？」

太一が後ろを振り返りながら歩き始める。

「ねえ、あの集団……」

「なんか、やばいよな」

（ああ、やっぱり道が割れていく……）

誰が先頭を歩こうと、六人で固まって歩いていれば嫌でも人目を引く。そうなれば、長身のメンバーばかりで隠しようもなかった。


夕食を終えた談話室には、普段とは違った雰囲気《ふんいき》の秋組メンバーが揃《そろ》っていた。全員いつもとは違うテイストの服を着ている。

「あれ？　何やってるの？　ファッションショー？」

談話室に入ってきた椋《むく》が首をかしげると、ソファに座《すわ》っていた一成《かずなり》が答える。

「秋組の衣装《いしょう》の打ち合わせだって。今回はギャングものだよん」

「へえ〜。かっこいい感じになりそうだね」

スーツ姿の万里や十座、左京を見つめてそう告げる。

「幸《ゆき》くん、もう衣装できたの？」

着替《きが》えた秋組メンバーを並べて、上から下まで確認する幸に、いづみが驚いたようにたずねる。いつもよりも大分早い段階だ。

「いや、これはまだ借り物。今回はこの既製品《きせいひん》の服をアレンジしたいと思ってるんだよね」

そう言いながら、幸は何やらメモ帳にアイデアを書き留めている。

「すげ。ヴィンテージ物の革じゃん」

万里が服の素材を確かめるように手のひらで撫《な》でた。

「高そうだな」

「ボロボロなのにか？」

臣の言葉を聞いて、十座が怪訝そうに聞き返す。

「こういうのは古ければ古いほど価値があるんッス！」

「へえ」

太一が力説すると、十座はわずかに感心したように相槌《あいづち》を打った。あまり服にこだわりのない十座にとっては、理解できない話だった。

「布から作るよりもちょっと予算がかさむんだけどね」

幸がそう告げると、きらりと左京の眼鏡が光る。

「いくらだ」

「全部で二十万くらいかな」

「却下《きやっか》。高すぎる」

左京が間髪《かんはつ》入れずに切り捨てると、幸がむっとしたように目を吊《つ》り上《あ》げた。

「はあ？　このくらいならなんとかなんでしょ」

「布から作れ」

「布から作ったって、革だったら同じくらいになるし。質感だって全然違うから」

「妥協《だきょう》しろ」

取りつく島もない左京に、幸は臆《おく》することなく一歩詰め寄る。

「それはこっちのセリフだ、銭《ぜに》ゲバヤクザ。舞台のクオリティも妥協すんの？」

「そんなことは言ってない。お前なら合皮でもクオリティの高いものができるだろ」

「もっと高くしたいって言ってんの」

衣装の腕《うで》をほめられても、幸は一切《いっさい》引こうとはしない。

「幸くん、左京さん相手に一歩も引いてないね……」

「ゆっきー、やばたん。かっこいい」

椋が感心したようにつぶやくと、一成も笑顔で声援《せいえん》を送る。

「まあまあ、二人とも。もうちょっと予算を下げてみるっていうのはどうかな」

話が延々と平行線になりそうな二人に、いづみが助《たす》け舟《ぶね》を出す。

「……十万におさめろ」

「十八万」

左京の提示した金額にすかさず幸がかぶせていく。

「十三万」

「十七万」

まったく引く様子のない幸を見て、左京は小さくため息をついてから口を開いた。

「十五万」

「……乗った。値切ってくる」

「そうしろ。必要なら俺も出る」

「了解」

ヤクザが出ていったら、それはもはや値切るというレベルの話ではない。

（頼もしい二人だ……）

さっき口論していたのがウソのようにあっという間に結託《けったく》する二人を見て、いづみは感心した。

「じゃ、採寸するから全員そこ並んで」

交渉《こうしょう》が成立すると、幸はてきぱきと秋組メンバーに指図して採寸を始めた。

万里、十座、臣、左京ときて、太一の前に立つ。

「最後、馬鹿犬」

「あ、あの、お願いするッス！」

太一は敬礼でもするかのようにぴしっと直立した。

「……ちっさ」

太一の体にメジャーを当てながら、幸がぽつりとつぶやく。

「え⁉」

ショックを受けたように聞き返す太一から、幸はすっと離れた。

「はい、終了《しゅうりょう》。じゃ、デザイン画はすぐにあげるから」

「うん、よろしくね」

幸はいづみに声をかけると、さっさと談話室から出ていった。

「ちっさ……ちっさって言われたッス……」

がっくりとうなだれる太一を励ますように、一成が肩を叩く。

「たいっちゃん、ゆっきーにゾッコンだよね」

一成がそう告げると、太一はもじもじと恥《は》ずかしそうに視線を落とした。

「実は、小さい頃隣《ころとなり》の家に住んでた初恋《はつこい》の子に似てて……」

「へえ～！　偶然《ぐうぜん》だね」

太一の思いがけない告白を聞いて、いづみが声を上げる。

「その子もちょっと口が悪くて俺はいつもチビって言われてて……でも裁縫《さいほう》とか編み物が得意で、マフラー編んでくれたりしたッス。女の子なのに、自分のことオレっていうところもそっくりで……」

太一がほのかに頬を赤く染めながらつらつらと説明すると、臣が感心したようにうなずいた。

「そこまで似てることなんてあるんだなぁ」

「えーと、それ……」

「これは、言わない方がいいよね……」

一成と椋が顔を見合わせる。

(間違いなく幸くんな気がする……)

いづみも一成たちと同じ結論に至るも、心の中だけで留めた。

「いつか、あの子と再会して、俺っちの芝居観てもらいたいなぁ……」

そうつぶやいた太一が、ふと真顔になる。

「……いや、絶対観てもらわなきゃ」

視線を落とした太一は、どこか切羽詰《せっぱつ》まったような表情だった。

(太一くん……？)

いつにない様子の太一を見て、いづみがわずかに違和感《いわかん》を覚える。

「んじゃ、ここで、突撃《とつげき》！　初恋トーク！　カントクちゃんの初恋は!?」

ふいに一成が両手でいづみを指差した。

「え!?　私!?」

「そ！　初恋はいつ!?」

「え、えーと、覚えてないなぁ」

空々しい棒読みで答えながら、明後日《あさって》の方を向くいづみを、左京がからかう。

「逃《に》げたな」

「さ、左京さんだって覚えてないですよね!?」

とっさに左京に水を向けると、左京はじっといづみを見た後目をそらした。

「……覚えてる」

「え!?　いつですか!?」

「黙秘《もくひ》」

食いついてくるいづみをものともせず、腕を組んで沈黙《ちんもく》する。

「さすが、取り調べ慣れしてますね」

「人を勝手に前科持ちにするな」

臣が横槍《よこやり》を入れると、左京は呆れたように鼻を鳴らした。

「セッツァーは？」

「何人《なにじん》だよ」

一成に妙《みょう》な呼び名で呼ばれた万里が、思わず突っ込む。

「かっこいいっしょ！　このあだ名！」

「初恋とかねぇし」

あだ名に対しては小さくため息をついて、そう答える。

「えー！　マジで!?」

「万《ばん》チャンかっけーのに、もったいないッス！」

一成に続いて太一も驚きの声を上げた。

「恋愛《れんあい》とか本気でしたことねぇ」

「万チャンかっけー！」

淡々《たんたん》と告げる万里に、太一が尊敬のまなざしを向ける。

「ヒョードルは？」

「……は？」

一成に指差された十座が間の抜けた声を漏らす。

「兵頭だからヒョードル！　ヒョードルの初恋いつ!?」

十座はおかしなあだ名をつけられ戸惑《とまど》いながらも、首を横に振る。

「……ない」

「さすが十座サン、硬派《こうは》ッス！」

十座の短い返答を聞いて、太一がぐっと拳を握り締めた。

「んじゃ、おみみは!?」

最後に指名された臣は、緩《ゆる》く首をかしげる。

「俺は小学校の頃かなぁ。でも、あんまり覚えてないけど」

「もー、みんなドライすぎ！」

一成はまったく恋《こい》バナが盛り上がらない秋組メンバーに焦《じ》れたかのように、口を尖らせた。

「おはよう」

いづみが朝の支度《したく》を済ませて談話室に入ると、秋組のメンバーがちょうど朝食をとっているところだった。

「っす」

「はよ」

十座と万里が茶碗《ちゃわん》に山盛りになったご飯をかき込みながら、挨拶を返す。

と、そこに慌ただしい物音を立てて支配人が飛び込んできた。

「たたた大変です――!!」

「なんだ、朝っぱらから騒々《そうぞう》しい」

左京が顔をしかめると、支配人が一枚の紙を掲《かか》げた。

「見てください！　これ!!」

「なんですか、その紙？」

いづみが不思議そうにのぞき込もうとした時、近くにいた万里が文面を読み上げた。

「『秋組公演中止シロ。ぢゃないと悲劇が訪《おとず》れル』……？」

いづみがぎょっとして動きを止める。

文章はいろいろな印刷物から切り取った文字で構成されていて、フォントがバラバラだった。筆跡《ひっせき》を残さないためだろうが、そのアンバランスさが内容と相まって不気味さを感じさせる。

「これ、脅迫状《きょうはくじょう》じゃないか」

「脅迫状!?」

臣の言葉をいづみが驚きと共に繰り返した。

「今朝、ポストの中に入ってたんです！　どどどどうしましょう!?」

声を震《ふる》わせる支配人を見て、左京が鼻を鳴らす。

「バカバカしい。タチの悪いイタズラだな」

「作りもちゃちだし、ただのいやがらせだろ」

「なんかするってんなら、返《かえ》り討《う》ちにするだけだ」

左京に続いて万里と十座もそう告げると、再びご飯を食べ始める。

「みんな頼もしいッス！」

まったく動じていない三人を見て、太一が感心したような声を漏《も》らした。

「まあ、様子を見た方がいいかもな」

穏やかに告げる臣の言葉を聞きながら、いづみはじっと脅迫状を見つめた。

（本当にただのイタズラなのかな。なんだか胸騒《むなさわ》ぎがする……）

じわりと広がる不安を抑《おさ》え込むように、胸に手を当てた。


それから数日後、稽古場に思いがけない来客があった。

「それじゃあ、今日の稽古は第二幕から――」

「よう、調子はどうだ」

ずかずかと入り込んできた壮年《そうねん》の男を見て、いづみが声を上げる。

「雄三《ゆうぞう》さん!?」

鹿島《かしま》雄三は初代ＭＡＮＫＡＩカンパニー春組の元メンバーだ。今は後進の育成にあたる立場で、新生春組、夏組《なつぐみ》の指導もしていた。

「……ちっ」

雄三を認めた左京が忌々《いまいま》しげに舌打ちすると、雄三は面白《おもしろ》そうに目を細める。

「おお、松川《まつかわ》から聞いてたが、ほんとにいやがる。久しぶりだな、左京の坊主《ぼうず》」

無遠慮《ぶえんりよ》に左京の頭にぽんと手を置く。

「ぼ、坊主……」

いづみは左京に対してここまで気安い態度をとる人間は、今まで見たことがなかった。

「ヤクザッスかね」

「左京さんの兄貴分かな」

雄三と面識のない太一と臣は、雄三と左京の関係を測りかねるように首をかしげている。

はたから見たら、雄三も左京と同じその筋の人間にしか見えないガラの悪さだ。

「なんでこれを呼んだ」

左京が非難するようにいづみを見ると、いづみが慌てて首を横に振った。

「え!?　私が呼んだわけじゃ――」

「いいじゃねぇか。春夏面倒見てきたんだ。ついでに秋組も見てやるよ」

豪快《ごうかい》な笑い声を上げながら、雄三が左京の頭をぐしゃぐしゃと撫でる。

左京は顔をしかめながら大きく舌打ちをした。

「それじゃあ、みんな冒頭から通しでやってみて」

いづみはそれ以上左京の機嫌《きげん》が悪くならないうちに、と急いで秋組メンバーに声をかけた。

「……ふむ」

通し稽古《げいこ》を最初から最後までじっと見つめていた雄三が、低くつぶやく。

（また酷評《こくひょう》されるかな……）

春夏と散々だったことを思い返しながら、いづみはつばを飲み込んで雄三の言葉を待つ。

いづみを始め、その場にいた全員の視線を集めながら、雄三はゆっくりと立ち上がった。

「言いてぇことはいろいろあるが……まず、お前らの芝居には、お前ら自身がこれっぽっちも出てねぇ。芝居の技術以前の問題だな」

そう言って秋組メンバー一人一人の顔を見回す。

「夏組の芝居みてぇに出すぎちまってるのもある意味問題だが、お前らの場合は出なさすぎだ。偽《いつわ》りの人間にウソの役塗《ぬ》り重ねても薄《うす》っぺらいだけだろ。生の人間がつくウソだから、芝居はおもしれぇんだ」

「薄っぺらい……」

「ウソ、ッスか……」

臣が小さくつぶやいて黙《だま》り込むと、太一も考え込むように視線を落とす。

「せっかくアテ書きの脚本なんだ。もっと芝居の中で自分をさらけ出せ」

「意識を変えさせたらいいんでしょうか？」

具体的にどう対策を取ったらいいか、いづみが考えながら助言を求めると、雄三は顎に手を当てて唸《うな》った。

「そうだな……あんま時間もねぇし、さっさと実践《じっせん》させた方が早《はえ》ぇだろう」

「実践って……」

「秘策がある。『ポートレイト』だ」

雄三がにやりと笑う。

「ポートレイト？」

怪訝そうに首をかしげる十座に、雄三はうなずいて言葉を続けた。

「駆け出しの役者どもに、役者としての自分をさらけ出させるためによくやる手法でな。自分の半生をテーマに一人芝居の自伝劇を書いて、構成から演出まで全部一人でこなす。時間はきっちり五分」

雄三はそこまで説明すると、ああ、と言葉を漏らしてつけ加えた。

「ちなみにこれは本番まで各自一人で考え抜いて、練習しろ。他人のを見たら引きずられるからな」

「本番ってことは、発表するんスか？」

太一がたずねると、雄三は意味ありげににやりと笑った。

「おう。お前らには、俺の面倒見てる劇団の前座として客の前で『ポートレイト』を披露《ひろう》してもらう」

「ええ!?」

秋組のメンバーよりもいづみが真っ先に声を上げる。

「客の前で……?」

「いきなりすぎませんか?」

十座が考え込むように視線を落とすと、いづみもとんでもないとばかりに雄三に問いかける。

「自伝を披露って結構恥ずかしいな……」

「……相変わらず嫌なこと考えやがる」

臣が戸惑いの表情を浮かべ、左京は苦虫を潰《つぶ》したような顔でつぶやいた。

「なんか言ったか」

雄三が左京の方を向いて、にやりと笑う。

「……三十過ぎた野郎《やろう》の自伝劇なんて、誰も見たかないと思いますが」

「甘《あま》いな。演劇人は芸の肥やしになるもんならなんでも食いつくぞ。他人の人生なんか格好の好物だ。特にこじらせた奴の人生はな」

雄三が当てこすりのようにつけ加えると、左京は忌々しげに舌打ちをした。

「ま、とはいえ、左京はともかく全員ぺーぺーだからな。単純に半生振り返ってもまとまらねぇだろうし……」

雄三は顎を撫でて少し考え込むと、続けて口を開いた。

「『人生最大の後悔《こうかい》』を芝居のテーマにしてみろ。それなら作りやすいだろ」

「後悔、か……」

臣がわずかに表情を曇《くも》らせる。

「で、終演後のアンケートで、どの一人芝居が良かったか、投票できるようにしとく」

「順位を決めるんですか!?」

いづみの声に、驚きの中にわずかに非難が混じる。

初心者ばかりのメンバーにとってはかなり過酷《かこく》な課題だ。

「こいつらには、そのくらいした方が発破かけられるだろ」

「でも、まだ稽古も始めたばっかりなのに……」

順位をつけることでメンバーのやる気がそがれたり、和が乱れたりしないか、いづみの胸に不安がよぎる。

「心配すんな」

いづみの考えを読んだかのように、雄三が力強く告げた。

「兵頭、思ったより早くおめぇとの勝負にケリつけられそーだな」

万里が嘲《あざけ》るように声をかけると、十座は万里を睨《にら》みつけた。

「……負けねぇ」

「はっ、せいぜい吠《ほ》えてろ」

万里は余裕の表情で答える。

「本番はいつですか？」

「二週間後だ。それまで、通常稽古と並行《へいこう》して『ポートレイト』を完成させろ」

臣の質問に雄三が答えると、太一が悲鳴を上げた。

「に、二週間ッスか⁉」

「なかなか厳しいな」

臣も眉をひそめるが、万里は一人気にする様子もなく鼻を鳴らした。

「五分くらいのなら、すぐできるっしょ」

そう思っているのは万里くらいで、万里に啖呵《たんか》を切った十座も、あまりの短さに言葉を失っていた。

（相変わらず、雄三さんは爆弾《ばくだん》を持ってくるな。どんな結果になるのか想像もつかない）

いづみは不安の色を隠そうともせず、はらはらとした表情で秋組メンバーを見つめた。


その夜遅《よるおそ》く、静けさに包まれた中庭に十座の姿があった。ベンチに座って、わずかな明かりを頼《たよ》りにノートに何やら書き殴っては消してを繰り返している。

「……くそ、なんて書きゃいいんだ」

唸るようにつぶやいた十座に、後ろから左京が声をかけた。

「こんなとこでやってんのか」

「……っす」

「部屋でやらねぇのか？」

「……摂津がいる」

十座が大仰《おおぎょう》に顔をしかめると、左京は納得したようにああ、と声を上げた。

「アンタは何を語るんすか」

「……さぁな」

十座の問いに、左京は何も語らず、ただ肩をすくめる。

「あれ、左京さんもいたんすか？」

そんな声と共に、臣が中庭のドアを開けて顔をのぞかせた。

「お前も自習組か」

「いえ、俺はこれっす」

左京の言葉を否定しながら近づくと、手に持った皿を軽く掲げてみせる。

「……なんだこれ？」

「スコーン。みんな夜中までやってるみたいなんで、差し入れに」

そう言って十座にスコーンを一つ手渡《てわた》す。

「あざっす」

「よければジャムとクリームもあるけど、のせるか？」

一緒《いっしょ》に持ってきていた小鉢《こばち》を示すと、十座が小さくうなずいた。

「っす」

臣が十座のスコーンにひとさじずつジャムとクロテッドクリームをのせる。

「……もっと？」

皿を下げようとしない十座に臣が確認すると、十座が再びうなずいた。

「っす」

臣が十座に請《こ》われるままにジャムとクリームをのせていくと、やがてスコーンが見えなくなるほどの量になる。持ってきた小鉢の中身はほとんどなくなってしまっていた。

「……見てるだけで胸焼けする」

左京が顔をしかめると、臣が笑った。

「はは。スコーン自体はそんなに甘くないんで、よかったら左京さんもどうぞ」

左京は勧《すす》められたスコーンを前にわずかにためらった後、手を伸ばした。

「……んじゃ、ありがたくもらっとく」

そう言ってスコーンにかじりつくと、踵を返す。

「二人とも、あんまり夜更《よふ》かしすんなよ」

かじりかけのスコーンを軽く振りながら去っていく左京に、臣と十座がうなずいた。

第5章 ポートレイトⅢ 古市左京

——もうずいぶん長いこと、夢から目を背《そむ》けて生きてきた。

母親は女手一つで俺を育ててくれた。貧しくて、部活も遊びも、金のかかることは何一つできなかった。

毎日寄り道もせずまっすぐ学校から帰る途中《とちゅう》で、まだできたばかりのＭＡＮＫＡＩ寮《りょう》の前を通る。

母親が遅《おそ》くまで働きに出ていて、誰《だれ》もいない家に帰る俺は、いつも楽しげな声が漏《も》れてくるその寮が気になって仕方がなかった。

入口からのぞくと、劇団員たちがそこかしこで稽古《けいこ》や発声にはげんでいる。まぶしく見えるその姿を眺《なが》めるのが、いつしか俺のひそかな楽しみになっていた。

学校帰り、日が暮れるまでのわずかな時間、遠くからそっと眺めているだけで十分だと思っていた。

それなのに、ある日突然《とつぜん》幼い少女に話しかけられた。

「お兄ちゃん、入らないの？」

見たことのない少女だった。寮にいるのは俺よりも年上の大人ばかりで、こんな小さな子が出入りすることはない。

「ねぇ、入ろうよ」

「いや、俺は別に……」

「だって、入りたいんでしょ？　ねえ、おとうさーん！」

「おいっ、やめろっ！」

現れたのは、いつも団員たちを指導してる男だった。それが主宰《しゅさい》の立花幸夫《たちばなゆきお》だと知ったのは、もう少し後のことだ。

「このお兄ちゃんが入りたいんだって」

「だから、俺は――」

「……中、見てくかい？」

男はいかにも人の良さそうな笑顔《えがお》を浮《う》かべると、俺を招き入れた。

「……え？」

「ほら、行こ、お兄ちゃん！」

「お、おい」

俺は少女に手を引かれて、ずっと見ているだけだった場所に初めて足を踏《ふ》み入れた。

最初は特に芝居《しばい》に興味があるわけじゃなかったが、MANKAIカンパニーの居心地《いごこち》は良かった。

劇団員はみんな気がいい奴《やつ》らで、頼《たの》んでもいないのに、俺に芝居を教えたがり、演劇論を語ってきた。

毎日、放課後はMANKAIカンパニーの稽古場に出入りするようになって、俺はどんどん芝居が好きになっていった。

そして、いつしかMANKAIカンパニーの舞台《ぶたい》に立つのが夢になっていた。

幸夫さんの娘《むすめ》だという少女と過ごしたのは、たまたま東京に遊びに来ていた一週間だけだ。俺はていよく少女の子守《こも》りにあてがわれたおかげで、別《わか》れ際《ぎわ》にはわんわん泣かれたのを覚えている。

あの時、俺の手をつかんで離《はな》さなかった少女の手の温かさは、今でも忘れられない。

それから中学高校と進んで、俺はヤクザの下《した》っ端《ぱ》のような仕事を始めた。

なんとなく後ろめたくなり稽古場にも寄りつかなくなっていったが、公演は毎回かかさずこっそり観《み》に行った。

家を助けるためとはいえ、一日も早く金を稼《かせ》げるようになりたくてヤクザになる道を選んだ自分が足を踏み入れていい場所じゃない。

そうはわかっていても、いつかこの場所でまた、ふとあの少女や幸夫さんに会えるよう

な気がして、意味もなく劇場に通った。

おかげで、劇団がどんどんさびれていくのが嫌《いや》でも目に入った。

どうしてもガマンならなかった。この劇団に人が寄りつかなくなったら、少女や幸夫さんとの縁《えん》まで失われてしまいそうで——。

金を貸そうと思ったのは、それが理由だ。

母親に養ってもらっていた少年時代とは違《ちが》う。今ならどんな大金でも動かせる。それでもだめなら、どんな方法を使っても、自分自身の手で劇場の活気を取《と》り戻《もど》そうと思った。

本当は、ずっとずっと芝居がしたかった。このMANKAI劇場の舞台に立ちたかった。

でも、今の俺はこんな方法でしか劇団に関われない。

劇団が一番大変だった時に、支えることもできなかった。幸夫さんへの恩返しもできなかった。

それが、俺の人生最大の『後悔《こうかい》』——。

静まり返った稽古場に左京《さきょう》が一人、たたずんでいた。ぼうっと何を見るでもないその目は、ここではない、今現在でもない、いつかの風景を見るかのように、どこか遠くを眺めている。

後ろから、いづみがそうっと足を忍《しの》ばせて左京に近づいた時、左京が口を開いた。

「――誰だ」

「……バレちゃいましたか。ジャマしないので続けてください」

「もう終わりにする。個人練習だからな」

そう言ってドアの方へ向かおうとするのを見て、いづみが口を尖《とが》らせる。

「監督《かんとく》の私にも見せてくれないんですか？」

「まだ完成してない。ガマンしろ」

「え～」

「えーじゃない」

いづみが子どもっぽく非難の声を上げると、左京がため息をつく。

「左京さんのポートレイト、楽しみにしてますね！」

にっこり笑ういづみを見て、左京がふと動きを止めた。

あの日、ＭＡＮＫＡＩ劇場の前で、成長した少女に会ったあの時。左京がどれだけ驚《おどろ》いたか、いづみは知る由《よし》もない。

それを知った時のことを想像して、左京の口元がわずかにほころんだ。

「何、笑ってるんですか？」

「なんでもない」

首をかしげるいづみに、左京は何も答えてやらない。

「思い出し笑いなんてエッチですよ！」

「誰がだ」

いづみの憎《にく》まれ口《ぐち》に言い返して、ふと視線を落とす。

「……まったく。口が減らねぇところは変わらねぇな」

懐《なつ》かしむような小さなつぶやきが、いづみの耳に届くことはなかった。

第6章 歴然の差

雄三《ゆうぞう》の課題が出されてから、数日が過ぎた。

寮《りょう》のあちらこちらで秋組《あきぐみ》メンバーが頭を抱《かか》えている姿や、日に日に追《お》い詰《つ》められたような様子が見られる中、万里《ばんり》だけは一人いつも通りの生活を送っていた。

夕食を終えて談話室のソファでくつろぐ至《いたる》に、万里が声をかける。

「至さん、今からHELL塔《とう》行きましょーよ」

「いいけど」

「っし。新しい武器ドロップしたんすよ。早くぶちかましてぇ」

「マジか。じゃ、紙装甲《そうこう》で行くから介護《かいご》ヨロ」

戦力外を宣言する至に、万里が顔をしかめる。

「いや、さすがにソロプレイはムリだから」

そんな話をしながら、至とゲームを起動する様子からも、まったく焦《あせ》りの色は感じられない。

「みんな、ポートレイト、進んでるか」

一方他の秋組メンバーは、臣《おみ》の問いかけに暗い表情を浮かべた。

「大体は終わったッス。でも、本番五日後って厳しいッスよ」

「俺も、こんなの作ったことないからなあ。演出の方はなんとなくわかるけど」

太一《たいち》の返答を受けて、臣も困ったような表情で首をかしげる。

「……演出のが難しい」

「わかるッス！」

十座《じゅうざ》の言葉に太一が力強く同意する。

「十座はどこで詰まってるんだ？」

「相談していいんすか？」

臣が問いかけると、十座が逆に聞き返す。

「内容について話さなきゃ、問題ねぇだろ」

「詰まってるっつーか、演出って何すればいいのかわかんねぇ」

左京《さきょう》に促《うなが》されるようにして、十座が考え考え口を開く。

「別に大げさなことをする必要はないと思うけどな。カメラを意識するっていうか、写真にしたら映《は》えるってポイントを作ってみるとメリハリが出るかなとは思った」

「ずっと独白が続く一人芝居《ひとりしばい》だからな。そのままやると五分でも中だるみする」

「……っす」

臣と左京の言葉を聞いて、十座は手にしたノートに書き留めた。

「そのノート、書き込みすごいッス！」

びっしりと書き込まれたノートをのぞき込んで、太一が声を上げる。

「見るな」

十座はバツが悪そうな表情で、さっとノートを閉じた。

「練習も一番熱心だし、結果は十座が一位かもな」

臣が弟を見るような優《やさ》しげなまなざしで十座を見つめる。

ゲームをしながらそんな会話を聞くともなしに聞いていた至が、万里にちらっと視線を向けた。

「お前は終わってんの？『ポートレイト』だっけ」

「まだ手つけてないっすわ」

「マジか」

大丈夫《だいじょうぶ》かというような口調の至に、万里は余裕《よゆう》とばかりに笑う。

「自分の人生振り返っても、すべてが楽勝すぎて、大して印象に残ってることないんスよ」

「ゲームバランス崩壊《ほうかい》してんじゃん」

「そーそー。スーパーウルトライージーモード。だから『人生最大の後悔《こうかい》』とか言われてもさっぱりだし。ま、適当に盛ってなんとかすっけど」

忙《せわ》しなくゲームの操作をしながら、万里がそううそぶく。

「ふーん……まぁ、盛ってもバレんじゃね。普通《ふつう》に」

「いや、ぜってーうまくやるし」

万里の言葉を聞いて、至は一瞬《いっしゅん》沈黙《ちんもく》するも、小さく先を続けた。

「……監督《かんとく》さんは騙《だま》せないと思うけどね。たぶん」

「……至さんがそういうこと言うの意外っす」

万里がゲームからちらりと視線を上げる。

普段《ふだん》、会社でもゲームオタクであることを隠《かく》して生活している至は、本音を隠すことに慣れている。それだけに、ウソがつけないと断言するとは万里も思わなかったのだろう。

「そう？　ま、それなりに頑張《がんば》っとけよ。でないと、ここ潰《つぶ》れるし」

「頑張んなくてもダントツッスよ」

「……あ、やべ。死ぬわ」

ゲーム画面を見つめながら、至が淡々《たんたん》とつぶやく。

「ちょっとおおお⁉　至さん、マジで装備カスじゃないっすか」

「だから言ったじゃん。このキャラレベラゲ中」

「ありえねぇ！」

その後は万里が至のフォローをすべくゲームに熱中して、ポートレイトの話題は一切《いっさい》出なかった。


「――それじゃ、一旦《いったん》ここで休憩《きゅうけい》ね。一時間後にまた集合」

週末の午前稽古《けいこ》を終えて、いづみがそう声をかけた時、雄三がまたもや唐突《とうとつ》に稽古場に顔をのぞかせた。

「よう」

「あれ？　雄三さん、こんにちは」

「様子見に来てやったぞ。ポートレイトの進みはどうだ」

ぐるりと秋組のメンバーを見回す。

「まあまあっすね」

「一応大体はできたッス」

「……俺も」

「俺もできましたよ」

余裕のある万里に続き、太一や十座、臣もためらいながら答える。

最後に左京が無言でうなずいたのを見て、雄三がにやりと笑った。

「んじゃ、中間報告ってことで、見せてみろ。一人ずつ呼ぶから、他の奴《やつ》らは外で待機。最初は十座からな」

「……っす」

指名された十座は、一瞬驚《おどろ》いた表情を浮かべるも、すぐに気合を入れるようにぐっと拳《こぶし》を握《にぎ》り締《し》めた。

待機場所の廊下に移動しながら、万里はふ、と小さく笑った。

「あぶねー。昨日やっといてよかったわ」

「昨日って、一晩でやったんスか⁉」

驚く太一に軽くうなずいてみせる。

「『後悔』ってのが思いつかなくてさー」

「相変わらず適当だな」

咎《とが》めるでもなく、淡々と告げる左京に万里はへらへらと答えた。

「ま、なんとかなるっしょ。内容よりうまいかどうかだし」

「お前はこの課題の意味をまだ理解してねぇな」

「はぁ？」

左京にバカにしたような口調で告げられ、万里が眉《まゆ》をひそめる。

「しかし、人前で見せるとなると緊張《きんちょう》するな」

「そうッスね！」

不穏《ふおん》な気配を察してか、臣がそう話を変えると、太一も深くうなずいた。

「まだ時間はあるから、ここでダメでもこれからなんとでもなる」

「そうっすね」

臣は左京にうなずくと、一番手の十座がいる稽古場の扉《とびら》をじっと見つめた。


五人のポートレイトが終わり、最後の太一のポートレイトを見終えたいづみと雄三がしばらく真剣《しんけん》な表情で黙《だま》り込む。

「――これで全員終わったな。よし、全員呼んでこい」

雄三がそう太一に声をかけると、太一はうなずいてドアの方へ向かった。

（こんなに出来に差が出るとは思わなかったな。演技力以前の問題が浮《う》き彫《ぼ》りになる。雄三さんがこの課題を選んだ理由がよくわかった。やっぱり雄三さんはすごい）

いづみは目の当《ま》たり《あ》にした五人の芝居を思い返しながら、そっと息を漏《も》らした。

「どうだ？」

雄三に問いかけられて、いづみは言葉を選びながら口を開く。

「そうですね……すごく、わかりやすかったです」

「だろ。後は、どう指導していくかだ。気合入れろよ」

「――はい！」

目の前に突きつけられた課題を見据《みす》えるように、いづみは強いまなざしでうなずいた。

間もなくドアが開いて、太一に連れられた秋組メンバーが入ってくる。

「呼んできたッス」

「よし、全員集まったな」

雄三は五人の顔を見回すと、一呼吸おいて先を続けた。

「それじゃあ、この時点での結果を発表する。まず、一番良かったのは十座だ」

「は？」

「え……？」

万里が怪訝《けげん》そうな表情を浮かべ、十座が呆気《あっけ》にとられたかのように動きを止める。

「左京と僅差《きんさ》だが、良かった」

雄三がにやりと笑う。いづみも雄三と同意見だった。

十座と左京のポートレイトは、芝居への強い思いからずっと目をそらし続けてしまった後悔、という点では少し似ていた。しかし、いづみの胸に伝わってくるものが十座の方が強かった。

（若い分、十座くんの中で芝居が占《し》める割合が大きくて、思い入れが強いっていうのはあるのかもしれない。でもそれ以上に、十座くんからは前に進んでいこうっていう気持ちを

感じた。そこで差が出た気がする）

いづみは冷静にそう分析《ぶんせき》する。

「本番は投票制だろ。アンタらの好みで順位なんて決めても意味ねぇじゃねぇか」

「はっ、好みで決めたと思ってんのか」

万里が負け惜《お》しみとも取れる言葉を投げかけると、雄三が鼻で笑った。

「違《ちが》うって言いきれんのかよ？」

「というか、万里くんのは……たぶん、全部作り話だよね」

いづみが問いかけると、万里が虚《きょ》を突《つ》かれたように口をつぐんだ。

「お前も気づいてたか」

「なんで、そんなことわかんだよ」

万里が挑《いど》むような目で雄三を睨《にら》みつける。

「おめぇのがダントツで薄《うす》っぺらかった」

「は？　アンタらが俺の人生の何知ってるっつーんだよ。内容も構成も五分できっちりまとまってただろ」

何が不満なんだと言わんばかりの万里に対して、いづみが緩《ゆる》く首を横に振る。

「ついこの間お芝居を始めた人の実力としては、申し分なかった。でも、私も十座くんの『ポートレイト』の方が良かったと思う」

いづみが万里をまっすぐに見据えてそう言い切ると、万里はわずかに戸惑《とまど》ったように視線をさまよわせた後、口元をゆがめた。

「……審査《しんさ》する側がセンスゼロかよ。普通、百人中百人がそこの大根より俺選ぶだろ」

「まぁ、たしかに当日勝敗を決めるのは観客だ。俺じゃねぇ。だがな、断言してもいい。おめぇ……十座に負けるぞ」

ドスの利《き》いた声で雄三に告げられ、万里は舌打ちをすると踵《きびす》を返した。そのまま外へ出ていく。

「あ、万里くん――」

バタンという大きな音を立ててドアが閉まった。

「ほっとけ。自分でわかるまで、どうしようもねぇ」

追いかけようとしたいづみは、左京の言葉で足を止める。

雄三は万里が消えたドアにちらりと視線を送っただけで、十座の方へ向き直った。

「十座、よかったとはいえ、まだまだ荒削《あらけず》りだ。特に演技に関してはお粗末《そまつ》としか言いようがねぇ。これからも芝居の稽古きっちりやってけよ」

「っす」

認められたという喜びをにじませつつ、十座が決意のこもった目でうなずいた。

「次は左京。おめぇのは最後まで『後悔』だけで終わってるとこが十座との差だ。抜け出せてねぇ。どっか諦《あきら》めてんだよ。もっと前に出てこい。自分のやりてぇことを出せ」

畳《たた》みかけるように告げる雄三に対して、左京がわずかに視線をそらす。

「……おいおい、高校生と張り合えってのか」

「お前に必要なのはハングリー精神だ。枯《か》れたふりしてんじゃねえぞ、坊主《ぼうず》」

一回り以上年上の雄三からすれば、左京もほんの子どもに過ぎないと言いたいのだろう。

左京はそれ以上反論することもなく、ただ舌打ちをした。

「その次は順位的には太一と臣、ほぼ横並びだ」

「ッス」

「はい」

雄三の視線を受けて、太一と臣が真剣な表情で応える。

「まず太一、おめぇのは万里と違ってウソじゃないだろう。ただ、さっきのが『人生最大の後悔』だ？　笑わせんな。もっと己《おのれ》をさらけ出すことを考えろ」

「……ッス」

太一は迷うようにそっと視線をそらした。

太一のポートレイトの内容は、好きだった女の子に、素直《すなお》になれなかったというものだった。

（他の人に比べると、題材自体が幼い印象だったし、太一くんから伝わってくるものも少

なかったな)

いづみはそんな感想を抱《いだ》いていた。

太一自身、心の底から後悔しているというわけではないのだろう。芝居はそんな心の奥《おく》底《そこ》すら露《ろ》見《けん》させてしまう。

「次に臣。おめぇのは、たしかに『人生最大の後悔』に触《ふ》れてはいるんだろう。ただ、本質は外してる。違うか?」

雄三の問いかけに、臣は何も答えなかった。ただゆっくりと視線を床《ゆか》に落とす。

「舞《ぶ》台《たい》を舐《な》めるな。自分を隠して立てるような場所じゃねぇんだよ。覚《かく》悟《ご》決めろ」

「……はい」

臣は迷った後に、低くうなずいた。

臣のポートレイトは、暴走族に入ってた高校時代、たくさんの人を傷つけてしまったことへの後悔だった。

(少なくとも、ウソをついているとは思えなかったけど……)

本質を外している、何かを隠しているという雄三の言葉をいづみも否定することはできなかった。

芝居から伝わってくる臣の感情に何かぶ厚い膜《まく》がかかっているような、そんな印象だった。

「以上。各自、本番までに仕上げてこい」

雄三はそうまとめると、四人の顔を見回した。

夕食の後、秋組のメンバーは自室に引っ込んだまま誰一人《だれひとり》談話室に顔を出さなかった。

(みんな、いつもはこの時間談話室でまったりしてるのに、今日は『ポートレイト』にかかりきりみたいだな)

いづみも部屋に戻ろうかと立ち上がった時、臣が顔をのぞかせた。

「カントク」

「あ、臣くん」

「これからスコーンを焼こうと思うんだけど、もし時間があったら、手伝ってくれないか？　みんな頑張ってるから、夜食代わりに差し入れしようかと思ってさ」

「いいね！　もちろん手伝うよ！」

臣の提案に、いづみは笑顔《えがお》でうなずいた。

キッチンで臣から言われるままに材料と道具を揃《そろ》える。

いづみはボールの中に卵と小麦粉を入れると、臣の方を見た。

「卵と小麦粉はこれくらいでいい？」

「ああ」

臣に確認《かくにん》してから、混ぜ始める。しばらくキッチンには泡《あわ》だて器のシャカシャカという音だけが響《ひび》いていた。

「スコーンならすぐ作れるし、腹持ちもいいからさ。持っていくと案外喜んでくれるんだ。特に十座が。顔には出さないけどな」

オーブンの温度を設定しながら、臣がそう告げると、いづみが意外そうな表情を浮かべる。

「十座くんが……？」

と、つぶやいた直後、異様に甘《あま》い亀吉《かめきち》まんじゅうのことを思い出す。

（そういえば、亀吉まんじゅうを無心で食べてたっけ……甘いものが好きなんだな）

「ジャムとクリームの量はあいつのだけ山盛りにするんだよ」

「そうなんだ……」

あの亀吉まんじゅうを美味《おい》しいと感じる甘党《あまとう》が好む甘さというと、一体どれだけのジャムとクリームが必要なのかといづみが考えていると、ふと、臣が優しげな笑《え》みを浮かべているのに気づく。その表情からは十座に対する親しみと思いやりが感じられた。

「臣くんは優しいね」

「……どうかな」

臣はわずかに苦笑いを浮かべて少しためらった後、口を開く。

「実はあいつ、似てるんだ」

「誰に？」

「……三年前に死んだ、俺の親友に」

臣はどこか遠くを見つめるような目をしながら、自らの顎《あご》を撫《な》でた。そこにはうっすらとアザのような傷跡《きずあと》がある。

(顎の傷触《さわ》ってるけど……何か関係があるのかな)

「その傷が何か関係があるの？」

いづみの言葉に、臣が一瞬沈黙する。

「言いたくなければ、いいんだけど」

いづみがそう続けると、臣はゆっくりと瞬《まばた》きをした後、いづみを見つめた。

「――いや、聞いてくれるか？　カントク」

そう切り出した臣の表情はいつもの穏《おだ》やかなそれとは違って、陰《かげ》を帯びていた。

第7章 ポートレイトⅣ 伏見臣

——あの日から、俺はあいつのかわりに生きている。

暴走族時代、俺には相棒がいた。当時、西東京《にしとうきょう》最強と言われた『ヴォルフ』のW総長として名をはせた『狂狼《きょうろう》』臣《おみ》と、相方の『狂孤《きょうこ》』那智《なち》。

誰《だれ》が敵で誰が味方かもわからない激しい抗争《こうそう》の中でも、那智にだけは背中を預けられた。唯一無二《ゆいいつむに》の信頼《しんらい》できる相棒だった。

そんな那智がある日、自分にはガキの頃《ころ》からの夢があると柄《がら》にもなく照れながら教えてくれた。

「俺みてぇなのが見ちゃいけない夢だってわかってはいる。でも、諦《あきら》めらんねぇ」

そう話す那智に夢の内容を聞いたが、結局はぐらかされた。いつか吐《は》かせてやろうと思っていた矢先のことだ。

二人でツーリングしていた時に、対立していたチームに襲《おそ》われた。

バイクは横転し、投げ出された俺は全治一カ月、顎《あご》に消えない傷を負った。

そして那智は、打ち所が悪く、出血多量で病院に搬送《はんそう》された直後に亡《な》くなった。

俺は体が動くようになると、一人で那智の弔《とむら》い合戦《がっせん》に向かった。

俺たちを襲ったチームを壊滅《かいめつ》させると、同時に『ヴォルフ』を抜け、暴走族との関わりも一切《いっさい》絶った。

バイクもケンカもやめて、普通《ふつう》の学生として過ごす毎日。何をしていてもどこか熱くなれない自分がいた。喜びを感じることに無意識に罪悪感を覚えるようになっていた。

那智が亡くなってから数年――。

毎年、那智の命日には墓参りに行っていたが、今年は偶然《ぐうぜん》那智の両親に会った。

那智の葬式《そうしき》で会って以来だ。なんて謝罪すればいいのかわからずにいた俺に、那智の両親は懐《なつ》かしそうに話しかけてくれた。

「那智もあんなことにならずに、伏見《ふしみ》くんみたいにちゃんと更生《こうせい》してれば、今頃《いまごろ》舞台《ぶたい》に立ってたかもしれないのにね」

「え……？」

「あら、聞いてなかった？　あの子ね、子どもの頃から役者になるのが夢だったのよ。あんなふうにぐれちゃったけど、芝居《しばい》を観《み》に行くのが好きなところは変わらなくてね」

それを聞いた途端《とたん》、いつかの那智の照れくさそうな顔が脳裏《のうり》によみがえってきた。

なんの夢もなく、ただ無為《むい》に日々を過ごす自分が生き残って、未来に夢も希望も持っていた那智が死んでしまった。その事実に打ちのめされる。そうして俺は考えた末に、役者になることを決意した。あいつのかわりに。それで少しでもあいつが浮《う》かばれればいいと思った。

「……だから、この夢は俺が見てる夢じゃない。あいつのかわりに見てる夢なんだ」

臣はそう言いながら目を伏《ふ》せると、でも、と続けた。

「十座《じゅうざ》を見てるとそれが心苦しくなる」

「……どうして？」

「あいつはまっすぐな気持ちで、芝居に賭《か》けてる。誰よりも真剣《しんけん》で誠実だ。他人のかわりに役者を目指して、罪滅《つみほろ》ぼしで芝居をしてるってバレたらどう思うか……」

臣がそっとため息をつく。

「あいつに似てる十座に軽蔑《けいべつ》されるのが怖《こわ》い。それが怖くて、優《やさ》しくしてるだけかもしれない」

そう言って表情を硬《かた》くする臣を、いづみはじっと見つめた。

「……本当にそうなのかな」

「え？」

「たしかに、きっかけは親友の夢だったのかもしれないけど、今も本当にそれだけの理由で芝居をしてるの？」

いづみの問いかけに、臣が黙《だま》り込む。

「臣くんは、真剣に芝居に向き合ってるように見える。それは、臣くん自身も芝居が楽しいと思ってるからじゃない？」

「俺は……」

臣はいづみの指摘《してき》に戸惑《とまど》ったように視線をさまよわせた。

「罪滅ぼしから始まったんだとしても、臣くん自身の芝居に対する気持ちが芽生えたなら、それはもう親友の夢じゃないよ。二人の夢だし、臣くん自身の夢になる」

臣が何度か瞬《まばた》きを繰《く》り返した後、小さくうなずく。

「……そうかもしれない。今は、あいつだけじゃない、俺の夢でもあるのか」

自らに確認《かくにん》するようにつぶやくと、いづみを見つめ返した。

「本番の『ポートレイト』、親友のことも入れようと思う。……きっと、一歩前に進める気がするんだ」

「うん。臣くんなら、きっとできるよ」

いづみが励《はげ》ますように微笑《ほほえ》むと、臣も笑みを浮かべた。

那智に対する罪悪感から、ずっと贖罪《しょくざい》を求めていた臣にとっては、夢も希望も喜びも禁忌《きんき》に等しかった。しかし演劇なら、那智と同じ夢を見て、共に喜ぶことができる。それは臣にとって何よりの救いだろう。

「ありがとう。カントク。ちょっとすっきりした」

そう礼を言う臣は、少し吹《ふ》っ切《き》れたようなすっきりとした顔をしていた。

「どういたしまして」

いづみがそう返したとき、ふわりと香《こう》ばしい匂《にお》いが辺りを漂《ただよ》い始めた。

「……そろそろ、スコーンも焼けたみたいだな」

「あ、いい匂いがしてきたね。おいしそう！」

いづみはうれしそうにオーブンの中をのぞき込んだ。

第8章

再燃

雄三《ゆうぞう》が最初に指定したポートレイト披露《ひろう》本番の前夜、談話室にはゲームに熱中する至《いたる》と万里《ばんり》の姿があった。

「……くそっ」

万里が苛立《いらだ》ったようにゲームオーバーと表示された画面に毒づく。

「凡《ぼん》ミス大杉《おおすぎ》」

「もっかい！」

至の冷ややかなセリフにかぶせるようにそう告げる。

「今日は中止。集中力切れてるときにやっても負けるだけだし」

至は淡々《たんたん》とそう告げると、スマホを伏《ふ》せた。それを見て、万里が決まり悪そうに舌打ちをする。

「そういや、明日『ポートレイト』本番だっけ。やんなくていいの？」

いつになく調子の悪そうな万里に至がたずねると、万里はふいっとそっぽを向いた。

「別に、確実に俺の方が芝居《しばい》うめぇし」

「そのわりに、なんか焦《あせ》ってるみたいだけど」

「はぁ？　俺は別に――」

図星を突《つ》かれたかのように眉《まゆ》をひそめる万里から至はあっさり目をそらし、立ち上がる。

「ま、いいけど。んじゃ、俺はほかる」

「おつっす」

「おつー」

至がそれ以上何も言わずに行ってしまうと、万里は肩透《かたす》かしを食らったような表情でソファに身を沈《しず》めた。

そのままどこか不貞腐《ふてくさ》れた表情で、じっと一点を見つめる。

「焦ってるとか……アホくさ」

つぶやくような声は、いつになく力なかった。


「えええええ!?　ちょ、万《ばん》チャン出ていくって本気ッスか!?」

翌日、談話室に太一《たいち》の大声が響《ひび》いた。

「何もそんな急にやめなくてもいいだろ。これから『ポートレイト』の本番もあるのに」

急に劇団を辞《や》めて出ていくと言い出した万里を、臣《おみ》がなだめる。

『ポートレイト』は三時間後の公演の前座として披露する予定になっていた。

「や、考えてみたら、もう兵頭《ひょうどう》とはケリついてるし。投票とかしなくても、俺の勝ちだろ。これ以上やる必要ねぇし」

「そんな――一緒《いっしょ》にやろうよ、万チャン！」

「せっかくここまでやってきたのに、もったいないぞ」

太一と臣がなおも引き留めるも、万里は聞く耳を持たず、わずかに笑《え》みを浮《う》かべて肩をすくめる。

「ま、最初から兵頭との勝負のために入っただけなんで」

そう言いながらバッグを手に出ていこうとする万里を左京《さきょう》が冷たく見据《みす》える。

「……勝手にしろ。ただ、二度とこの寮《りょう》の敷居《しきい》をまたぐな」

「へいへい」

万里が談話室のドアノブに触《ふ》れようとしたとき、ちょうどドアが開いた。

「――ただいまっす」

帰宅してきた十座《じゅうざ》が、その場にいたメンバーの表情を見て少し戸惑《とまど》った様子で挨拶《あいさつ》をする。

「あ、十座サン！　十座サンからもなんか言ってくださいよ！」

「万里が劇団やめるらしい」

太一と臣の言葉を聞いて、十座が眉根を寄せた。

「あぁ？　どういうつもりだ、摂津《せっつ》」

いつもなら睨《にら》み返す万里が、今は十座と目を合わせようともせずに、横をすり抜けようとする。

「どうもこうもねぇよ。勝負はもうついてんだろ」

そのまま行こうとする万里の肩を十座が掴《つか》む。

「お前、雄三さんの舞台《ぶたい》はどうすんだ。半端《はんぱ》なことしてんじゃねえぞ」

「芝居ではもう十分お前に勝ったし、これ以上意味ねぇから」

万里は面倒《めんどう》くさそうに、十座の手を振《ふ》り払《はら》った。

「負けてねぇ。てめぇなんかに、俺が負けるはずがねぇ」

ぎりぎりと歯を食いしばりながら、十座が嚙《か》みつくと、万里はバカにしたように鼻で笑う。

「は！　自分の芝居観《み》たことあんのかよ？　動画でも撮《と》ってやろうか？」

「たしかに、芝居の技術はまだお前の方がずっと上だ。でも、芝居への気持ちは死んでも負けねぇ。負けてねぇ」

十座がそう言い切って万里を睨みつけると、万里はふっと目をそらした。

「……ほざいてろ、大根野郎《やろう》」

いつもなら張り合ってくる万里の思いがけない反応に、十座が一瞬怪訝《いっしゅんけげん》そうな表情を浮かべる。

「ほっとけ、兵頭。こんなのに構っても、時間のムダだ」

左京がそう告げると、十座は一歩下がって塞《ふさ》いでいた道を開けた。

「んじゃあな」

「万チャン……」

あっさりと談話室を出ていく万里を、太一が心配そうに見つめた。

一人、寮を後にしてビロードウェイを歩き始めた万里はどこかスッキリしない表情を浮かべていた。

「……ちっ、イライラする」

そう顔をしかめた時、後ろから駆《か》け寄《よ》ってくる足音がした。

「待って、万里くん！」

万里が振り返ると、いづみが息を切らしながら万里の目の前で足を止める。

「……監督《かんとく》ちゃん」

「やめるって本気なの？」

「あー、うん。秋組《あきぐみ》もMANKAIカンパニーも辞めっから」

きまり悪そうに万里が目をそらす。

「ちょっと、待って。せめて理由を教えて」

訳がわからないといった様子でいづみがたずねると、万里はいづみと目を合わせないまま答えた。

「元々兵頭に勝つために始めたから、芝居で余裕《よゆう》で勝ってるってわかれば、やる意味もねえっていうか」

万里の釈然《しやくぜん》としない説明に、いづみは拍子《ひようし》抜《ぬ》けしたように肩の力を抜く。

「そう……」

「んじゃ――」

万里が踵《きびす》を返そうとした時、いづみがそれを止めた。

「じゃあ、本当に十座くんに勝ってるかどうか、自分の目で確かめてみたら？」

万里の心の内を見透かすような目で、万里をまっすぐに見つめる。

「今までの稽古《けいこ》観りゃ、十分だろ」

そう言い捨てる万里の声は、いつもに比べると自信なさげだった。

「十座くんの『ポートレイト』は観たことないでしょ」

いづみの言葉を聞いて、万里が黙《だま》り込む。

「十座くんに勝ったって思ってるなら、直接観て、ちゃんと確かめてみなよ」

いづみがそう畳《たた》みかけると、万里は視線をわずかにさまよわせた。

「別に観なくても――」

「このままいなくなったら、まるで結果が知りたくなくて逃《に》げてるみたいだよ」

挑発《ちょうはつ》するようにいづみがそう告げると、万里が言葉を詰《つ》まらせた。

それから苛立ったように小さくため息をついて、うなずいた。

「わぁったよ。確かめりゃいいんだろ」


その一時間後、万里はいづみに連れられて、『ポートレイト』を披露する劇場へと足を踏《ふ》み入れた。

「……どうせ観たって結果なんて変わんねぇのによ」

客席にいづみと並んで座《すわ》りながらも、そう小さく吐《は》き捨《す》てる。

「いいから」

いづみは短く万里を制すると、じっと幕が下りたままの舞台を見つめた。

間もなく、開演時間を待たずに劇場の照明が落とされる。

アナウンスで前座の説明があり、順に万里以外の秋組メンバーが『ポートレイト』を披露していった。

（みんな、雄三さんのアドバイスを受けて、内容を変えてきてる。ぐっと良くなった）

二度目となるいづみは、冷静にメンバーの仕上がりを評価した。

（特に十座くん……）

舞台上で『ポートレイト』を披露する十座を見つめて、わずかに口元を緩《ゆる》める。

『あいつみたいに、俺も変わりたい。今の自分とは違《ちが》う自分になりたい』

十座はまっすぐに客席の向こうを見据えていた。

（この二週間で演技力を上げてきた分、説得力が増した。前回見た時よりも、惹《ひ》き込まれる）

十座の後悔《こうかい》、そしてこれから先の未来への希望、それらが鈍《にぶ》い衝撃《しょうげき》となって胸をつく。

十座が舞台の中央でお辞儀《じぎ》をすると、劇場内は拍手《はくしゅ》に包まれた。

その瞬間《しゅんかん》、我に返ったかのように万里が身じろぐ。

「前座って言ってたけど、結構面白《おもしろ》いね」

拍手を送りながら観客がひそひそとささやき合う。その内容はおおむね好意的だった。

「投票で順位決めるんだって」

「へー、後で投票しよ」

万里は瞬《まばた》きもせずに舞台を睨みつけたまま、ぐっと膝《ひざ》の上で拳《こぶし》を握《にぎ》り締《し》めた。

公演後、いづみは楽屋からロビーに戻《もど》ってくると、万里に声をかけた。

「アンケート、前座投票だけ先に集計してもらったよ。結果聞く？」

「……んなもん、聞かなくてもわかってる。兵頭だろ」

吐き捨てるように答えると、いづみをまっすぐに見据える。

「監督ちゃん、教えてくれ。どうしたら俺は兵頭に勝てる？」

そう告げる万里はこれまでになく真剣《しんけん》な表情だった。

「万里くん……」

「なぁ、どうすればいいんだ？」

焦燥《しょうそう》すら感じられる様子で、言《い》い募《つの》る。いづみはそんな万里をじっと見つめた後、ゆっくりと口を開いた。

「……まずは、芝居にまっすぐ向き合うこと。それと、負けたくないって気持ち。こっちはもうあるみたいだね」

いづみがそう告げると、万里は自らの拳を見下ろした。

「兵頭の『ポートレイト』見て、なんかわかんねぇけど、熱くなった。あいつにケンカ売って負けた時と同じくれぇ、興奮した」

万里が短時間でこなした『ポートレイト』とは何もかもが違っていた。『ポートレイト』だけでなく、十座が歩んできたこれまでの人生そのものが万里のそれとはまったく違う。

自分を取り巻く環境《かんきょう》を厭《いと》い、変化を望んでいるところは同じでも、演劇という希望を抱《いだ》き、それに向かってまっすぐに歩んでいる十座と、いまだに何も持たない自分。その差を見せつけられ、万里は十座に対して猛烈《もうれつ》な嫉妬《しっと》と苛立ちを覚えた。

と、同時に急《せ》き立《た》てられるような焦燥感と闘争心《とうそうしん》が胸を焼く。いてても立ってもいられないような、激しい感情だった。

万里は顔を上げると、熱っぽい目でいづみを見つめる。

「このままじゃ、終われねぇ。終わらせられねぇ」

(万里くんの目つき、前と変わった)

いづみは万里の気持ちを確認《かくにん》すると、うなずいた。

「……一緒に、寮に帰ろう」

「……今さらだろ」

バツが悪そうに皮肉っぽく笑う万里を、いづみは励《はげ》ますように微笑《ほほえ》んだ。

「みんな、話せばわかってくれるよ」

(……左京さん以外は、だけど)

心の中でそうつけ加えると、いづみは万里を連れて寮へと戻った。

「ただいまー」

いづみは談話室に入ると、後ろの万里を中へと促《うなが》した。

「万チャン！　帰ってきてくれたんだ!?」

「おかえり、カントク、万里」

太一と臣は驚《おどろ》きと喜びと共に二人を迎《むか》え入れる。

「……何しに帰ってきた」

一方左京はいづみの予想通り、冷ややかなまなざしで万里を見据えた。

「二度とこの寮の敷居をまたぐなと言ったはずだが」

無言の万里にそう畳みかける。

「万里くんも考え直して――」

「簡単にやめるような人間を、仲間として信用できるわけねぇだろう」

助《たす》け舟《ぶね》を出そうとしたいづみの言葉も左京は一蹴《いっしゅう》した。

万里は自分を睨みつける十座の顔をちらりと見た後、ゆっくりと口を開いた。

「お前らの一人芝居《ひとりしばい》を観た。正直負けたと思った。オーディションの時は間違いなく俺がダントツだって思ったのに、いつの間にかすげぇ差つけられてて、焦った」

自嘲《じちよう》的《てき》な笑みを浮かべた後、出ていった時とはまるで違う強いまなざしでメンバーたちを見据える。そして、勢いよく頭を下げた。

「もう一度、今度は本気でやって、お前らに勝ちたい。だから戻らせてくれ」

万里の姿を見た太一や臣が戸惑ったような表情を浮かべる。

「万チャンが頭下げた……」

「万里、お前……」

今までなんでも余裕たっぷりで、本気になることのなかった万里の、初めての心からの謝罪だった。

「……今後はリーダーとして、人一倍責任を果たすと約束しろ」

左京が低くそう告げると、万里はゆっくりと顔を上げた。

「……わかった」

そううなずく万里の目にウソやごまかしは一切《いつさい》ない。

(よかった……左京さんも認めてくれた)

いづみは二人のやり取りを見守りながら、ほっと胸をなでおろした。

「兵頭もそれで文句ないな」

「……っす」

左京が確認すると、十座が短くうなずく。万里の本気は十座にも十分伝わっていたのだろう。

「正々堂々やって、芝居への想《おも》いとかいうやつも含《ふく》めて、お前に完璧《かんぺき》に勝つ」

万里がそう宣戦布告すると、十座が口元をゆがめて笑う。

「……上等だ」

空っぽではない決意のこもった万里の挑戦状《ちょうせんじょう》だからこそ、十座は正面から受け取った。

二人の間に流れる空気は決して穏《おだ》やかなものではなかったが、それでも、今までただ反発していただけのそれとは少し変わっていた。

（きっと、二人の関係も、秋組もこれから変わっていく……）

いづみはその兆《きざ》しを感じて、うれしそうに表情を和《やわ》らげた。

「あ、そうだ！　みんなで風呂《ふろ》、入りましょ！」

不意に太一が思いついたように手を上げる。

「は？」

「なんだ、急に」

呆気《あっけ》にとられる万里と十座に、太一が手に持ったタオルと着替《きが》えを見せる。

「俺ら、これから風呂行こうと思ってたんス。万チャンも十座サンも左京にぃも一緒に行きましょ！」

「ああ、いいかもな。今までみんな微妙《びみょう》に時間ずらしてたし」

同じようにタオルを手にした臣が同意する。

「仲直りは裸《はだか》の付き合いッス！」

そう言い募る太一に対して、左京が戸惑いの表情を浮かべた。

「なんでそんなこと……」

「たまにはいいんじゃないですか？　いってらっしゃい！」

いづみは明らかに嫌《いや》がっている左京の背中を、促すようにぽんと叩《たた》いた。

「他人事《ひとごと》だと思って……」

左京は小さくため息をつきながらも、太一たちに続いて談話室を出ていった。


「はー、なんかみんなで入るって新鮮《しんせん》ッスね」

湯船に肩を沈めながら、太一は笑顔《えがお》を浮かべた。

「さすがに四人も入ると、湯船が狭《せま》く感じるな」

臣がそう言いながら苦笑《くしょう》する。

寮の湯船は一般的《いっぱんてき》な家庭よりも数倍広い。とはいえ、秋組は体格のいいメンバーが揃《そろ》っているこどもあり、全員が入ると圧迫感《あっぱくかん》があった。

「だからずらしてんだよ」

万里が嫌そうに端《はし》に寄って縁《ふち》に腕《うで》をのせると、十座も嫌そうに隣《となり》の万里を見る。

「でかくてジャマだ」

「お前が言うな！」

身長でいえば、万里よりも十座の方がわずかに大きい。

「秋組はガタイがいい人多いッスよね～。俺が一番ちび……幸《ゆき》チャンにもちっさいって言われたし……」

太一が顔をうつむかせると、ぽちゃんと湯面に沈む。

「まあ、でかければいいってもんじゃないだろ」

「ケンカだと有利だけどな」

臣と万里が太一を励ますように告げる。

「摂津みたいにでかくても、ジャマなだけだ」

「だから、お前が言うな！」

あくまでも自分のことは棚上《たなあ》げしている十座に万里が突っ込むと、洗い場にいた左京が湯船に入ってきた。

「うるせぇぞ、ガキども！」

「あれ……？」

「左京にぃッスか……？」

臣と太一がまじまじと左京の顔を見つめる。

「なんだ、てめぇら、人の顔じろじろ見やがって」

「……眼鏡がない」

違和感《いわかん》の正体に気づいた十座がぽつりとつぶやくと、万里もうなずいた。

「レアだな」

「うるせぇな。お前ら、ジャマだからさっさと出ろ」

左京は自分に集中する視線をうっとうしそうに手で払う。

「ひどいッス！　みんなで入るんスよ！」

太一に非難されて、左京は舌打ちをしながら湯船に身を沈めた。

「なんか、左京さん、眼鏡外すと結構若いっすね」

「脱《ぬ》ぐと結構細身だし」

臣と万里の言葉に十座と太一が続けてうなずく。

「印象が違う」

「意外ッス！」

「ったく、だから嫌だったんだ……」

左京は忌々《いまいま》しげに顔を背《そむ》けると、小さくため息をついた。

「五人入るとさらに狭いな」

「むさくるしい」

臣が苦笑いすると、万里もうんざりした表情を浮かべる。

「たまにはいいじゃないッスか！」

太一は不満そうなメンバーをなだめるようにそう告げると、左京が全員の顔を見回した。

「お前らあんまりのんきにしてる場合じゃねぇからな。本番まであと一ヵ月だぞ」

「え？　もうそんなに経《た》ちましたっけ」

臣が首をひねると、十座もはっとした表情で視線を落とす。

「一ヵ月か……」

「余裕、余裕」

万里がひらひらと手を振るのを見て、左京の目が据わる。

「何言ってんだ、一番の問題児が。これからきっちりやってけよ」

「わぁってますよ」

「……絶対に成功させる」

十座が自分に言い聞かせるかのようにそうつぶやくと、左京がうなずいた。

「当然だ。じゃねぇと、この劇団はおしまいだ」

「それはなんとしても頑張《がんば》らないとっすね。ここでこけたら、春夏組にも恨《うら》まれる」

臣も気を引き締めるようにそう告げた。

「そういうことだ。気合入れていけよ」

左京の言葉にメンバーそれぞれがうなずく中、太一だけが一人考え込むように黙っていた。


(ちょっと早く来すぎちゃったかな……)

朝早く目が覚めたいづみが、いつもより三十分早く稽古場を訪《おとず》れると、すでに先客がいた。

「あれ!?」

「はよーっす」

「っす」

準備体操をしている万里と十座が、いづみに軽く手を上げる。

「おはよう!　二人とも早いね!?」

「こいつに五時に起こされたんだよ。じじいか」

「勝手についてきたんだろ」

万里が十座を顎《あご》で示すと、十座が顔をしかめながら言い返す。

（なんだかんだ言いつつ、万里くんもちゃんと準備運動してる。良い傾向《けいこう》だな）

いづみは憎《にく》まれ口《ぐち》をたたきながらも並んで柔軟《じゅうなん》体操をしている二人を見て、口元をほころばせた。

「それじゃあ、今日は先に二人のかけ合いを重点的にやっていこっか」

「っす」

「うぃー」

いづみの声かけで、十座と万里が立ち上がる。

「それじゃあ、二幕から」

いづみが合図を出すと、十座と万里が立ち位置についた。

『最悪だ』

『こっち寄るな』

『寄りたくて寄ってんじゃねえよ！　あっち行け、貧乏神《びんぼうがみ》！』

万里扮《ふん》するルチアーノと十座扮するランスキーの軽妙《けいみょう》なかけ合いシーンが続く。

いづみは二人の芝居を見つめながら、満足そうにうなずいた。

（かけ合いも、前はお互《たが》いのことなんてお構いなしだったけど、今はちゃんと相手の呼吸

を感じながらできてる)

『どうすんだよ、てめえのせいだぞ!』

『俺の責任じゃない』

『ふざけんな! ブツが盗《ぬす》まれたなんてバレたら、俺たち殺されるぞ』

そこでふと万里が芝居を止める。

「いや、やっぱ、こっちか……」

一人そうつぶやくと、切羽詰《せっぱつ》まったような表情でセリフを言い直した。

『ふざけんな! ブツが盗まれたなんてバレたら、俺たち殺されるぞ』

「そうだね、さっきよりも敵意が出てていいと思う。終盤《しゅうばん》とのギャップがわかりやすくなるんじゃないかな」

いづみが笑顔でそう告げると、万里は軽くうなずいた。

「じゃ、これで」

(万里くん、役に対する向き合い方も変わってきたみたいだ)

今までは流すばかりだった芝居も、一つずつ確認して積み上げていくようになった。一つ一つはわずかな違いでも、全体を通してみると明らかな差が出てくる。

三十分後、太一、臣に続いて左京も稽古場にやってきた。

「おはよーッス」

「おはよう」

「……二人とも早いな」

すでに稽古を始めている万里と十座を見て、左京が意外そうにつぶやく。

「心を入れ替えたってことじゃないっすか」

「続けばいいがな」

穏やかな笑みを浮かべる臣に、左京は軽く鼻を鳴らして答えた。

「そう言いながら、ちょっと笑ってますよ」

わずかに緩んでいる左京の表情に目ざとく気づいた臣が、からかうように告げる。

「誰《だれ》に言ってんだ」

「ツンデレッス！」

「誰に言ってんだ」

さっきよりもやや強い調子で、左京が太一を睨みつける。

「なんか俺っちに対する方が、当たりがきついッス！」

「今のがニュアンスの技術だ。学んどけ」

「勉強になるッス……！」

二人のやり取りを見ていた臣が笑みを深めた。

「さてと、俺たちもあいつらに負けないように頑張らないとな」

「ッス！」

太一が元気よく臣にうなずくと、準備運動を始めた。

（よかった……万里くんの変化が、確実に秋組全体に影響《えいきょう》を与《あた》えてる）

稽古場の雰囲気《ふんいき》は明るく、メンバーの意識も前向きだ。それを感じ取って、いづみはうれしくなった。


その日の朝練は今までよりもスムーズに進んだ。

「それじゃあ、朝練はここまでにして、そろそろごはんに——」

いづみが笑顔でそう切り上げようとした時、稽古場のドアが開いた。

「おつかれー」

「あれ、幸くん、どうしたの？」

ハンガーラックをガラガラと引きながら、幸が顔をのぞかせる。

「衣装《いしょう》できたから、試着してみて」

「もうできたの!?　早いね!?」

いづみが驚きながら吊《つ》り下げられた衣装を見つめる。

「今回は既製品《きせいひん》のアレンジだったから、かなり前倒《まえだお》しでできた」

そう言って幸が衣装を掲《かか》げてみせると、いづみが感嘆《かんたん》の声を漏らした。

「おおーかっこいい！」

「結構印象が変わったな」

臣の言葉にいづみがうなずく。

「うん、うん。ちょっぴりレトロなテイストを入れつつ、オリジナリティがあるっていうか……」

「そのままだと舞台映《ば》えしないから」

いづみのほめ言葉を聞き流しながら、幸がそう説明する。

現代風の古着はその風合いを生かしたまま、オールド感のある形に作り替えられていた。

「……へ～、結構いい感じじゃん」

「サイズはぴったりだ」

感心したように衣装に着替《きが》える万里と十座に、幸が声をかける。

「ネオヤンキーとテンプレヤンキーはそこ並んで」

「ネオ？」

「テンプレ……？」

聞き慣れない呼び名で呼ばれた万里と十座が固まっていると、幸が面倒くさそうに続けた。

「ヤンキーコンビは並んだ時のバランスが大事だから」

万里と十座が素直《すなお》に並ぶと、幸は上から下まで眺《なが》めてうなずいた。

「……まあまあかな。もうちょっと調整はするけど」

「並ぶと、またバディ感があってかっこいいね！」

いづみは軽く拍手をしながらそうほめた。

万里はベージュのストライプのスーツに落ち着いた赤のシャツ、中折れ帽《ぼう》をかぶり、襟《えり》元《もと》に高級そうな毛皮がついたコートを羽織っている。

一方十座はスラックスにシャツにベスト、中折れ帽もすべて黒一色で揃えられていた。体にぴったりと沿った作りで、ショルダーホルスターと共に体のラインが強調されている。軽薄《けいはく》そうな万里の衣装とは対照的にストイックな印象だった。

「で、オカンは……」

そう首を巡《めぐ》らせた幸の視線が臣の顔で止まる。

「オカンってもしかして、俺かな？」

「大丈夫《だいじょうぶ》、衣装のおかげでオカン臭《しゅう》なくなったから」

「そ、そうか。よかった」

何が大丈夫なのかまったくわからない様子で、臣は戸惑いがちにうなずいた。

「すげー悪役っぽい。不良警官って感じ」

「意外だな」

「はは、まあ、ほめ言葉として受け取っとくよ」

臣は万里と十座の感心したような言葉を聞くと、朗《ほが》らかに笑った。

臣の衣装はブルゾンに縫《ぬ》いつけられたワッペンがアメリカンな雰囲気を醸《かも》し出している。ラフなシルエットが、どことなく不真面目な印象を与えていた。

「俺もサイズは問題ない」

「銭《ぜに》ゲバヤクザは、やっぱりあんまり印象変わんないね」

仕立ての良さそうな黒いスーツ、黒いコートにハットをかぶり、サングラスをかけた姿はマフィア然としていたが、普段《ふだん》もヤクザ然としたスーツ姿なだけに、あまり変化がない。

「たしかに……」

いづみがうなずくと、万里、十座、臣と続いた。

「たしかに」

「たしかに」

「たしかに……」

「たしかにたしかにうるせぇぞ！」

左京がうっとうしそうに突っ込む。

その横で、太一は何故《なぜ》か珍《めずら》しく黙り込んでいた。

「馬鹿犬《ばかいぬ》は？」

幸がまだ着替えていない太一に水を向けるが、太一はどこかぼうっとした表情で何も答えない。

「太一くん？」

いづみが怪訝そうに太一の顔をのぞき込むと、はっとしたように動きだした。

「へ!? あ、俺も着てみるッス！」

「どうかしたの？」

いづみの問いかけに、太一は慌《あわ》てた様子で両手を振る。

「なんでもねぇッス！　みんなかっけぇなぁと思って！　幸チャンすげー！」

「いいから早く着ろ」

幸は呆《あき》れたように、ベンジャミンの衣装であるストライプ柄《がら》のパジャマとカーディガンを押しつけた。

「あれ？　この箱は何？」

ハンガーラックの下に置かれた小さな段ボール箱をいづみがのぞき込む。

「ああ、それは——」

幸がそう言いかけた時、勢いよくドアが開いた。

「アニキ！　瑠璃川《るりかわ》の姐《ねえ》さん！　ブツが届きやしたぜ！」

段ボール箱を抱《かか》えて駆《か》け込んできたのは、迫田《さこだ》だった。

「白昼堂々と密輸宣言が……」

「見てくだせぇ！　どれも一級品ですぜ！」

臣が物騒《ぶっそう》な物言いを笑っていると、迫田がばっと段ボール箱を開けてみせる。

「ピストル……!?」

「これ、本当にまずいやつじゃないっすか」

いづみと臣がわずかに顔を引きつらせると、幸が呆れたような目で見つめる。

「ザコ田、紛《まぎ》らわしい言い方するな。小道具だよ」

「ああ、なるほど！」

いづみが納得《なっとく》したようにうなずき、臣と十座は銃《じゅう》を手に取ってしげしげと眺め始めた。

「よくできてんなぁ」

「持った感じも悪くない」

「その衣装に持つと、はまるねー」

衣装と小道具が組み合わさると、相乗効果で迫力《はくりょく》が増す。いづみは感心したようにうなずいた。

「しかし、こーやって見ると、完全に犯罪集団だな」

「本当だ……」

万里のつぶやきにいづみが同意する。

「はは、物騒な感じだよな」

「臣くん、その姿でピストル持ったまま朗らかに笑われると、ちょっと怖《こわ》い……」

いづみは複雑な表情を浮かべた後、さっき見つけた段ボール箱を指差した。

「こっちの段ボールも小道具？」

「いや、そっちは、これッスわ！」

迫田が段ボール箱を開けると、中に入っていたのは小さなおもちゃだった。

子どもが喜びそうなヨーヨーがいくつも入っている。

「ヨーヨー……？」

「こんなの頼《たの》んでないけど」

幸が眉をひそめると、迫田が照れたように頭を掻《か》いた。

「おもちゃの銃のサイト見てたら売ってて、懐《なつ》かしくてポチっとな～ってね」

そう言って笑う迫田の頭を、左京が勢いよくはたいた。

「経費の無駄遣《むだづか》いすんな！」

「いて――っ！」

「この分はお前の給料から引いとくからな」

「アニキ、殺生《せっしょう》な……！」

半泣きで左京にすがる迫田の姿を横目に、万里がしゃがみ込んで段ボール箱からヨーヨーを取り出す。

「ウルトラヨーヨーって昔、超流行《ちょうはや》ったよな」

「懐かしい」

万里の言葉に、十座もうなずく。

「あ！　実は俺、めっちゃ得意！」

太一は声を弾《はず》ませると、ヨーヨーを摑んで操《あやつ》り始めた。

「――っと！」

器用にくるくると回してみせると、いづみが目を丸くする。

「すごい……！」

「へえ」

左京も感心したように声を漏《も》らす。

「これは避《よ》けられるかわからねぇな……」

「いや、これ武器じゃないから避けなくていいぞ」

難しい顔をして十座がヨーヨーを睨みつけると、臣が笑いながら突っ込んだ。

「っす」

そうなのか、とばかりに十座が大真面目にうなずく。

「昔のドラマにそんなのあったけどな」

不良がヨーヨーを操って戦う学園ドラマがあったと横から左京が口を挟《はさ》むと、いづみが笑った。

「左京さん、若い子はみんな知らないですよ！」

「何……？」

いづみの言葉を聞いて、左京はわずかにショックを受けたような表情を浮かべた。

「しかし、うまいもんだな」

「昔、めっちゃ練習したから」

臣がほめると、太一がすこし照れたように笑う。

「へー、俺もやってみよ」

万里も物珍しそうにヨーヨーを操り始めた。見よう見まねで太一の動きをなぞる。

「なる……こんな感じか」

感触《かんしょく》を掴んだような声を漏らすと、さっきの太一のようにヨーヨーをクルクルと回した。

「……っと」

「わ、すごい！」

あっという間に技《わざ》を習得してしまったのを見て、いづみが驚いたように声を上げる。

「さすがハイスペック」

「器用なもんだな」

「まぁね」

幸と左京も感心していると、万里はこともなげに肩をすくめた。

その様子をじっと黙って見ていた太一に、臣が首をかしげながら声をかける。

「太一？」

太一は一瞬泣きそうな表情でくしゃっと顔をゆがめた後、いつものように笑った。

「やっぱ万チャンにはかなわねぇなー！　俺がどんだけ練習したと思ってんだよー！」

「しょうがねぇだろ。なんでもでききんだよ」

「嫌味《いやみ》だ！」

そう笑う太一の表情にもう陰《かげ》りは一切ない。

（太一くん、さっきからなんだか様子がおかしいような気がするけど、気のせいかな……）

いつになくぼんやりとしたり、浮かない表情を見せる太一が気にかかり、いづみが心配そうな表情を浮かべる。

太一はそんないづみの視線にも気づかず、万里たちとじゃれ合っていた。

「段ボールばっかりあってもジャマだし、一つ片づけようか」

「そうだな」

臣がヨーヨーを拳銃《けんじゅう》の小道具の箱に移動し始めると、左京がうなずく。

「段ボールは資源ごみですよね。私、中のプチプチ捨ててきますよ」

いづみがそう言いながら梱包材《こんぽうざい》を拾い上げると、左京も同じように手を伸《の》ばした。そのまま、無言で梱包材を摑み、離《はな》そうとしない。

「左京さん？」

（すごい引っ張られてるんだけど、何故……）

無言の圧力を感じながら、いづみが首をかしげると、左京がぼそっとつぶやいた。

「……俺の年に数回の楽しみを奪《うば》う気か」

「プチプチ好きなんですか……？」

いづみが呆気にとられたようにたずねると、左京はバツが悪そうにふいっと顔を背けた。

（か、かわいい……！）

いつにない左京の様子を見て、いづみの口元がにやける。

「今考えてることを口に出してみろ。殺す」

左京はドスの利《き》いた声で告げると、鋭《するど》い目で睨みつけた。

「どうぞ、このプチプチをお納めください」

「……うむ」

怯《ひる》んだいづみが恭《うやうや》しく梱包材を差し出すと、左京は満足そうにそれを受け取った。


翌朝、MANKAI寮の廊下に耳をつんざくような悲鳴が響《ひび》き渡《わた》った。

「きゃあああああ！」

「ど、どうしたんですか？」

支配人の悲鳴を聞いて、談話室からいづみが慌てて出てくる。

「支配人、朝から元気っすね」

「……耳が痛ぇ」

いづみに続いて臣と十座が出てくると、支配人が蒼白《そうはく》になりながら一通の手紙を掲げてみせた。

「こ、こここここれ！」

「手紙……？」

首をかしげるいづみの後ろから、万里がのぞき込む。

「これ、前と同じ脅迫状《きょうはくじょう》じゃね」

『警告は終わッタ。コレより先、実力行使ヲ行う』

十座が文面を読み上げると、いづみの表情が凍《こお》りついた。

「宣戦布告か」

「……ふざけやがって」

万里と十座が目を吊《つ》り上《あ》げると、臣も顔をしかめる。

「嫌な感じだな」

(実力行使って……どういうこと?)

いづみの不安をあおるように、その一件以来、MANKAIカンパニー宛《あ》てにいたずら電話がかかってくるようになった。

実力行使というのがいたずら電話という意味にもとれるが、いづみはこれだけで終わらないような悪い予感が、どうしても頭から消えなかった。

「監督ちゃん?」

稽古の最中、どこか上の空になっているいづみの顔を万里がのぞき込む。

「あ、ごめん、ごめん。そのまま続けて」

いづみははっとしたように、手を振った。

(心配してってもしょうがない。今は稽古に集中しよう!)

気合を入れ直すいづみの前で、敵に囲まれたルチアーノとランスキーが協力して窮地《きゅうち》を脱《だっ》するシーンの確認が行われる。

『待て、ルチアーノ。ここは慎重《しんちょう》にだな……』

『おらおら！　大人しくブツを返しな！　死神様のお通りだぜ!!』

『人の話を聞けよ、まったく……』

（万里くんと十座くんのかけ合いはだいぶ良くなったな）

自然に相手の呼吸を感じてセリフをつないでいく二人の姿を見て、いづみは手ごたえを感じていた。

『やべえ、逃げ道が――』

『ちゃんと確保してある』

（アクションシーンも入ってきたけど、みんな運動神経が良いから問題ないし）

敵をなぎ倒《たお》していく殺陣《たて》も万里と十座はそつなくこなしていく。

『でかした、ランスキー！　しんがりは任せな。てめえのケツは守ってやるよ！』

万里のセリフの後、不自然に間が空いた。敵の一人とやり合いながらの十座のセリフだ。

「兵頭、セリフ」

万里に促されて、十座がはっとする。

「ここのアクション、セリフと一緒にやるの結構きついよな」

臣がつぶやくと、十座が頭を下げた。

「……もう一回、お願いします」

「それじゃあ、今のところ、もう一回」

いづみの声かけで、同じシーンが繰《く》り返される。

『やべえ、逃げ道が――』

『ちゃんと確保してある』

『でかした、ランスキー！　しんがりは任せな。てめえのケツは守ってやるよ！』

『腕は確かなんだがな、その口の悪さどうにかしろ』

今度はセリフは完璧だったが、殺陣のタイミングがずれてしまう。

「――っと」

「もう一回」

万里の言葉で再度やり直される。

『やべえ、逃げ道が――』

『ちゃんと確保してある』

『でかした、ランスキー！　しんがりは任せな。てめえのケツは守ってやるよ！』

やはり、セリフと殺陣のタイミングが合わない。十座は苛立ったように自分の太ももを拳で叩いた。

「――っくそ」

（セリフに集中すると、アクションがおろそかになる。アクションに集中すると、セリフがーーうーん、不器用さがここで壁《かべ》になってくるな。練習すれば大丈夫だとは思うけど）

いづみは思案気に十座を見つめた。

「今日はここまでにしよう」

そう声をかけるも、十座はうなだれたまま何も答えない。

「みんな、お疲れさま」

「お疲れー」

「お疲れ」

万里、臣と次々に稽古場を去っていくが、十座だけはいつまでもその場に残ったままだった。

その夜、中庭の片隅《かたすみ》に十座の姿があった。

『腕は確かーーっ』

「くそーーうまくいかねぇ」

何度も何度も同じセリフと動きを繰り返しては、悔《くや》しげに独りごちる。

「コソ練とかだっせぇ」

背後から、足音と共に万里の声がした。

「……なんとでも言え」

十座は振り返ることもなくそう答えると、再び同じ動作に戻る。

『腕は確かなんだがな、その口の悪さどうにかしろ』

殺陣のタイミングがやはりずれてしまっていた。

黙々《もくもく》と動きを確認する十座の姿を、万里がじっと見つめる。

『腕は――』

「そこで足」

セリフの途中《とちゅう》で、万里が十座の足を指差した。

十座が虚《きょ》を突かれたように動きを止める。

「だから、こうだろ」

万里は器用に十座と向かい合った状態で殺陣の動きを真似《まね》してみせる。

「――なんだてめぇ、俺の鏡か。気持ちわりぃ」

「んだと⁉ わかりやすいと思ってやってんだろうが！ さっさと真似しろ！」

万里が憤慨《ふんがい》して声を荒《あら》らげると、十座は言い返すこともなく万里の指示に従った。

「……悪いな」

十座が小さくつぶやくと、万里がわざとらしく耳に手を当てる。

「あ？　なんだって？」

「悪いな」

明らかに揶揄《やゆ》するような響きだったにもかかわらず、十座は謝罪を繰り返す。その殊勝《しゅしょう》な態度に面食らったように、万里が一瞬言葉を詰まらせた。

「言っとくけど別に、てめぇのためじゃねぇからな。リーダーとして人一倍やれって言われたから――」

「へぇっくしょん」

万里の言い訳のような言葉の途中で十座が盛大《せいだい》にくしゃみをする。

「おい!?」

「聞こえなかった。で、なんだって？」

「なんでもねぇよ！」

万里はバツが悪そうにそう言い捨てると、再び殺陣とセリフのトレース作業に戻った。

それから何度も繰り返すうちに、十座のぎこちなさは段々と取れていった。完璧とは言えないまでも、成功率が上がっていく。

一時間ほど経った頃《ころ》、十座は息を切らしながら汗《あせ》をぬぐい、時計を確認した。

「……もう0時か。そろそろ――」

そう言いかけると、同じように汗をにじませた万里がバカにしたような表情で笑う。

「んだよ、もうへばったのか？」

「……誰が」

十座の目が鈍く光ると、万里の表情が面白がるような笑みに変わった。

「できるまでやんぞ」

「……すまねぇ、頼む」

「あ？」

今度は本当に聞こえていなかった様子で万里が聞き返すと、十座はゆっくりと首を横に振った。

「……なんでもねぇ」

そうつぶやく十座の口元には、どこか楽しげな笑みが浮かんでいた。

同じ頃、一階の廊下《ろうか》の突き当たりで太一が辺りをはばかるように電話をしていた。

どこか暗い表情で電話口に向かって謝罪を繰り返している。

「……はい……はい。わかってます。はい」

たまたまトイレに行こうとしていた臣は、太一の姿を見つけて足を止めた。

「いえ、それは……」

電話の相手に何を言われたのか、太一が苦しげに顔をゆがませる。

「……太一？」

臣が見かねてそっと声をかけると、太一ははっとしたように電話を切った。

「電話か？」

臣が気づかわしげにそうたずねる。

「あ、ああ、うん。そうそう」

太一は何かを誤魔化《ごまか》すようにぎこちない笑顔を浮かべた。

「……深刻そうな雰囲気だったな。誰と話してたんだ？」

「え!?　えっと……」

曖昧《あいまい》に返事をする太一を、臣はじっと見透かすような表情で見つめていた。

第9章 訪れた窮地

「さ、チケットの発売も開始したので、今日の稽古《けいこ》は宣伝もかねて一日ストリートACTしながらのチラシ配りだよ」

いづみはビロードウェイの一角で、チラシが詰《つ》まった紙袋《かみぶくろ》を秋組《あきぐみ》メンバーに渡《わた》しながら、そう説明した。

「そういえば、先週から始まったんだっけ」

チケット販売《はんばい》のことを今思い出したかのように、万里《ばんり》が口を開く。

「売れてるのか？」

「春《はる》・夏組《なつぐみ》で固定ファンもついてきたみたいで、初動は上々だって」

臣《おみ》の質問に、いづみは笑顔《えがお》で答えた。

「ただし、あくまでも千秋楽《せんしゅうらく》完売が劇団存続の条件だからな」

左京《さきょう》が釘《くぎ》を刺《さ》すように口を挟《はさ》むと、いづみは心得ているとばかりに先を続ける。

「と、いう厳しい事情があるので、今日は頑張《がんば》って宣伝して歩こうね！」

「っていっても、この大人数だとまた遠巻きにされるんじゃないかな」

臣が、以前ストリートＡＣＴをしたときの経験を思い出しながら告げる。

（たしかに、早くも私たちの周りに不自然な空間が……）

通行人たちが目を合わせないようにしているのを見てくじけそうになるも、いづみは努めて明るく声を上げる。

「よし、グーチョキパーで二人組を作ろう！」

集団でいるよりはまだましだろう、とそう提案して手を掲《かか》げた。

「せーの、じゃんけんぽん！」

いづみがパーを出し、万里と十座《じゅうざ》がグー、臣と太一《たいち》がチョキ、左京がパーを出していた。

「私がパーだから、左京さんとペアですね」

「生粋《きっすい》の大根とストリートＡＣＴか……」

「そこは左京さんのいぶし銀の一人芝居《ひとりしばい》でお願いします！」

いづみは自分を頭数に入れようとする左京にそう断って、他のメンバーに目をやる。

「万里くんは十座くんと、太一くんは臣くんとペアだね」

「またお前か……お前の顔飽《あ》きたわ」

「それは俺のセリフだ」

憎《にく》まれ口《ぐち》をたたき合う万里と十座に対し、臣と太一は穏《おだ》やかに顔を見合わせる。

「よろしくな、太一」

「――よろしくッス」

二人とも笑顔を浮《う》かべているものの、いつになく、ぎこちなさが漂《ただよ》っていた。

「早く配り終えたペアから休憩《きゅうけい》に入っていいよ。それじゃあ、また後でね」

いづみは臣と太一の様子には気づかなかったのか、そう声をかけて解散した。


それから間もなく、ビロード駅前には万里と並んで十座が通行人を睨《にら》みつけて仁王立《におうだ》ちする姿があった。

「ひっ……」

突然《とつぜん》チラシを差し出された青年二人組が、悲鳴と共に後ずさりする。

「な、何!?」

「チラシだ」

十座が手にしているものを見て、ほっとしたように肩《かた》の力を抜《ぬ》く。

「あ、は、はぁ……」

「びっくりした……刺されたかと思った」

青年たちはチラシを受け取ると、そそくさと去っていった。

十座は次に、目の前を通り過ぎようとしていたサラリーマンにチラシを差し出す。

「うわ⁉」

サラリーマンの男は刃物《はもの》でも突きつけられたかのように飛び上がると、逃《に》げるように去っていった。

「おい、てめぇ、いい加減にしろよ！」

万里が我慢《がまん》ならないといった様子で十座に詰《つ》め寄《よ》る。

「何がだ」

「てめぇと一緒《いっしょ》じゃいくらやっても終わらねぇよ！　どうすんだよ⁉」

ただでさえ遠巻きにされているのに、十座の配り方では人は逃げていくばかりだ。

「ストリートＡＣＴで人集めりゃいいんだろ」

こともなげに十座がそう告げると、万里が思い出したように、あ、と声を漏《も》らした。

「あー、そーいや、監督《かんとく》ちゃんが言ってたっけか。よし、やるぞ」

万里はチラシを置くと、にやっと笑って十座に耳打ちをし始めた。

『なあ、儲《もう》け話があんだけどさ――』

『儲け話？』

万里のセリフに、十座が返す。

『うまくやりゃ一日百万はかたい』

『そりゃあぼろ儲けだな』

怪《あや》しい密談風の芝居をする万里に対して、十座の芝居は棒立ちでセリフ回しも抑揚《よくよう》がなく、明らかにミスマッチだった。

「あれ、ストリートACT……？」

「大根だな……」

さっきとは違《ちが》った理由で通行人が二人を遠巻きにしていく。

「意味ねぇじゃねぇか！　この大根が！」

「いちいちうるせぇな。ぴいぴいわめくな」

やってられるかとばかりに万里が突《つ》っ込《こ》むと、十座が顔をしかめる。

「チラシも配れなきゃ、演技もできねぇじゃねぇか！」

「んだと？　さっきから文句ばっか言いやがって」

十座がむっとしたように睨みつけると、万里もメンチを切りながら一歩十座に詰め寄った。

「やんのか、コラ」

「なめてんじゃねぇぞ、コラ」

ポケットに手を突っ込んだままメンチを切ってオラオラ言いだす二人を見て、通行人が足を止めた。

「お、ヤンキーものが始まった」

「面白《おもしろ》いじゃん」

「ヤンキー役、はまってんなー」

二人のやり取りをストリートACTと勘違《かんちが》いした観客たちが、感心したようにつぶやく。

「あぁ？　なめてんのはどっちだ、ボケ」

「あぁん？　てめぇに決まってんだろ、ワンレン」

「ワンレン悪口に使うな、ハゲ！」

二人の軽妙《けいみょう》な悪口の応酬《おうしゅう》を聞いて、笑いが起こる。

「うける。どこの劇団？」

「ＭＡＮＫＡＩカンパニーだって。チラシもらってこ」

「面白そう」

観客は口々にそう言いながら、地面に積み上がっていたチラシを持っていく。

あっという間にチラシがはけていくのに気づいて、十座と万里が動きを止めた。しばらく無言のまま見つめ合う。

「……チラシはけたぞ」

「……見せもんじゃねぇっつーの」

十座がチラシを顎《あご》で示すと、万里は舌打ちをしながら踵《きびす》を返した。

「どこ行くんだよ」

「十分はけたからいいだろ。ちょっと休憩させろ」

「すぐ戻《もど》ってこいよ」

「へいへい」

万里はおざなりに返事をすると、近くのカフェの方へと歩いていった。

その背中を見送って、十座が残っているチラシをまとめていると、目の前にガラの悪い青年が二人立ち止まった。

「おい、さっきの芝居観《み》てたぜ」

青年はあからさまに嘲《あざけ》るような表情を浮かべていた。

「ひっでー出来だったよなぁ」

隣《となり》の青年もにやにやと笑っている。

「あぁ？　なんだてめぇら」

十座が眉《まゆ》をひそめると、青年たちはわざとらしくため息をついた。

「万里の奴《やつ》もあんな茶番に付き合うとはなー」

「格落ちたっつか、キャラ変わったよなー。かっこわりぃ」

「うけるよな」

万里の知り合いらしい二人の会話を聞いて、十座の表情が険しくなる。

「――黙《だま》れ」

「はぁ？」

「黙れって言ってんだよ――！」

十座が怒気《どき》を込めて詰め寄ると、青年は芝居がかった仕草でよろけてみせた。

「おーこわ！」

「暴力カンパニーだって拡散しようぜ」

「動画撮《と》れ、動画」

青年たちがにやにや笑いながら、十座にスマホを向ける。

十座はひるんだように動きを止めた。

「んだよ、やんねーのかよ？」

馬鹿《ばか》にしたように揶揄《やゆ》すると、十座の肩を小突《こづ》く。

「O高最強の不良がヒヨってんじゃねーよ！」

「今ならボコれんじゃね？」

にやにやと笑いながら、青年の一人が十座の頬《ほお》を殴《なぐ》った。

「――っぐ」

十座は拳《こぶし》を握《にぎ》り締《し》めて、その場に踏《ふ》みとどまる。

「おら、やり返してこいよ！」

十座の胸倉《むなぐら》を掴《つか》み、腹に拳を叩《たた》き込む。

「──っ」

十座が息を詰まらせて、わずかによろめくと、もう一人の青年も十座の背中に蹴《け》りを入れた。

「まじで、サンドバッグじゃん！」

「──っげほ」

十座の膝《ひざ》が折れた瞬間《しゅんかん》、スマホのシャッター音が響《ひび》く。

「O高最強完封《かんぷう》記念！　イエー！」

青年はピースサインをしながら、膝を折る十座と自分の写真を撮っていた。

「──おい、何してんだ、てめぇら！」

十座と青年たちの姿に気づいた万里が駆《か》け寄《よ》ってくる。

「あぁ？　んだ、万里戻ってきたんかよ」

「一緒にやる？　今ならO高最強余裕《よゆう》っしょ。ってかO高最弱か」

「たしかに！」

げらげらと笑う青年たちを見る万里の目が吊《つ》り上《あ》がる。

「ふざけんな」

「んだよ、もしかしてマジでこいつとつるんでんの？　まさかの友情ごっこかよ～泣けるな」

「やっぱキャラ変わったよな～うざキャラ？」

嘲笑《ちょうしょう》を浮かべる青年の足を、十座ががしっと掴んだ。

「……黙れって言ってんだろ」

十座の目に宿る怒《いか》りは、以前、いづみがひったくりに遭《あ》った時に浮かんだものと同じだ。

それは、まぎれもなく万里を身内と認めていることを示していた。

「はいはい、お友達の万里ちゃんの悪口ゆるちまちぇんってか。手も足も出せねぇくせに、さっきからよく言うよな」

十座の手を蹴り飛ばすように払《はら》うと、万里が青年の胸倉を掴み上げた。

「てめぇら、マジで殺す――！」

「――っ」

万里が常になく冷静さを欠いた様子でギリギリと青年の襟元《えりもと》を締めつける。青年は苦しげな表情を浮かべて、パクパクと喘《あえ》いだ。

「やめろ、摂津《せっつ》――」

十座が焦《あせ》ったように止めようとした時、軽い足音が近づいてきた。

「お巡《まわ》りさん、こっちです！」

その声に、万里の動きが止まる。

「こっちでケンカが――！」

万里が手を離《はな》すと、青年たちは動揺《どうよう》した様子で辺りを見回した。十座がケガをしている以上、どちらに非があるかは一目瞭然《いちもくりようぜん》だ。

「……やべ」

「行こうぜ」

青年たちは焦ったようにその場を去っていった。

「……ふう。大丈夫《だいじようぶ》？」

万里にそう話しかけてきたのは、中性的な印象の男だった。艶《つや》やかな長い髪《かみ》を後ろで一つに縛《しば》っている。

「警察は？」

一向に姿が見えないのを怪訝《けげん》そうに万里がたずねると、男はふわりと微笑《ほほえ》んだ。

「あれは、こういう時の常とう手段」

「出まかせか」

十座が切れた口元をぬぐいながらつぶやくと、男がうなずいた。

「ボクの演技もまぁまぁだったでしょ」

いたずらっぽく笑って、先を続ける。

「二人の友情、ほんとにドラマみたいだったよ」

「……友情？」

「……おぇ」

十座が顔をしかめれば、万里は吐《は》くような真似《まね》をする。

「ふふ。……ボクには、うらやましいつながりだった」

男は寂《さび》しげな笑みを浮かべると、足元に置かれたチラシに視線を落とした。

「これ、キミたちの劇団のチラシ、もらっていってもいいかな」

「……ああ」

「ありがとう」

十座がチラシを差し出すと、うれしそうに受け取る。

と、そこに高級バッグを持った壮年《そうねん》の女がヒールの音を響かせて近づいてきた。

「どうしたの？」

「あ、すみません。今行きます」

長髪《ちょうはつ》の男は女にそう答えると、十座たちを振《ふ》り返《かえ》った。

「それじゃ、舞台《ぶたい》頑張って。キミは一応病院行った方がいいよ」

「……っす」

十座がうなずくと、男は女と連れ立って去っていった。

「……なんか独特の雰囲気《ふんいき》の奴だったな」

万里は男の背中を見送りながらそうつぶやいた。


それから数日後、談話室に浮足立《うきあしだ》った支配人の声が飛び込んできた。

「本日！　無事に！　チケット完売しましたあー！」

「おめでとうございます！」

いづみの表情もぱっと明るくなる。

有名俳優　皇天馬《すめらぎてんま》の名前で売れた夏組よりは遅《おそ》いものの、春組よりも早い段階での完売だった。

「よかった。これで一安心だな」

臣がほっとしたように笑顔を浮かべる。

「あとは本番成功させるだけだ」

「気合入れねぇと」

万里と十座が気を引き締めるように告げると、左京が釘を刺す。

「今回のチケットのはけの早さは、客の期待値の高さだ。春夏組よりハードル上がってると思っていけよ」

「っす」

「まーなんとかなるっしょ。つか、なんとかするし」

十座が神妙《しんみょう》にうなずけば、万里は飄々《ひょうひょう》と言い放つ。

「気を引き締めて、まずは明日のゲネプロ目指そう！」

いづみは気持ちを新たにする秋組メンバーに、発破をかけるように声をかけた。


その日の午後は劇場での通し稽古《げいこ》だった。

(これがゲネプロ前の最後の通し稽古だ。本番通りの衣装《いしょう》、小道具、演出……ここで漏れのないように仕上げないと)

いづみは真剣《しんけん》な表情で、舞台全体に目を配る。

「照明はもう少し明るめでお願いします。今回は衣装が暗めだから目立たない」

「はいー」

いづみはスタッフに声をかけると、再び舞台に視線を戻した。

舞台の上では、物語後半、ランスキーの裏切りによってルチアーノが捕《つか》まるシーンが繰《く》り広《ひろ》げられている。

『俺は、お前のこと、ちょっとは良い奴だと思ってたのに』

『見込み違いだ。俺はお前が思ってるような男じゃない』

『くそ、殴らせろ！』

『そこから出られたらな』

『ぜってー殺す!!』

「十座くん、早くはけすぎ。ちゃんと暗転を待って。万里くんも舞台袖《そで》の動きに気をつけて」

「気をつけるって、今のがなんでダメなんだ？」

いづみの注意を受けた万里が首をかしげる。

「暗転しても、お客さんに動きは見えてるの。ただ素早《すばや》くはけるんじゃなくて、袖を通り過ぎて姿が見えなくなるまで、しっかり役に入り込んだままはけて」

「なる」

「奥《おく》が深《ふけ》ぇな」

万里と十座が感心したようにつぶやく。

「こういう細かいところは、実際に本番にならないとわからないところだから、一つずつ覚えていこう」

「っす」

「へーい」

舞台経験のなさは、こういうところで露呈《ろてい》するが、春組夏組の経験からいづみにとっては通過儀礼《ぎれい》のようなものだった。それを見込んで、劇場での通し稽古は長めにスケジュールをとっている。

「その点太一くんは、未経験者なのにしっかり本番用の動きができてた。すごいね」

「え⁉」

いづみがほめると、太一がびくっと体を震《ふる》わせる。

「太一、すげーじゃん。雄三《ゆうぞう》のおっさんとかに教わったのか？」

「いやいや、ビギナーズラックスよ〜タハハ……」

万里にたずねられて、太一は視線をさまよわせながら乾《かわ》いた笑いを浮かべる。ほめられて照れているという様子でもなく、どこか気まずそうな表情だった。

（ほめられても、あんまりうれしくなさそう。どうかしたのかな……）

いづみは太一の様子に違和感《いわかん》を覚えながらも、ひとまず先に進めるように指示を出した。

「それじゃ、次のシーンから――」


最後の通し稽古を終えてのミーティングは、夕食後、談話室でいつもよりも長い時間をかけて行われた。

「んじゃ、今日の反省点ふまえて、明日のゲネプロきっちり仕上げるってことで。以上、ミーティング終わり、っと」

進行役の万里がそうまとめて、いづみがつけ加える。

「明日のために、今日は早めにゆっくり休んでね」

「っす」

「へーい」

十座と万里が返事をするのに続いて、太一がさっと立ち上がった。

「じゃ、俺っち、先に寝《ね》よっと」

「もう寝んのかよ。早《はえ》ぇな」

万里がからかうように声をかけると、太一が視線をさまよわせる。

「今日の遠し稽古で、ちょっと疲《つか》れちゃったからさ」

「……ちゃんと休めよ」

「また明日ね。おやすみ」

「……おやすみッス」

太一は左京といづみに返事をすると、そそくさと談話室を出ていった。

「――あ、これ持ってきちまってた」

ふと、臣がポケットに入っていた古びたバッジをつまみ上げる。

「衣装のアクセサリー？　なくすと大変だから、私戻してくるよ」

先に休んでほしいしといづみが申し出ると、臣は申し訳なさそうにバッジを差し出した。

「悪い、頼《たの》む」

いづみはにっこり笑って臣からバッジを受け取り、談話室を出ていった。

静まり返った劇場の裏手から楽屋に入ると、衣装がかけられたハンガーラックへ近づく。

(えーと、臣くんの衣装は……)

ハンガーに手をかけた途端《とたん》、異変を感じていづみの動きがぴたりと止まる。

「何、これ……」

ハンガーにかけられた衣装が不自然にゆがんでいる。よく見れば、あちこち切《き》り裂《さ》かれてぼろぼろになっていた。

慌《あわ》てて他の衣装を確認《かくにん》すると、どれも同じ状態だ。

「こっちも、こっちもだ……！」

愕然《がくぜん》とした表情で、ハンガーを持つ手が震える。

「誰《だれ》が、こんなこと――!?」

(明日がゲネプロなのに。急いで、みんなに知らせないと――！)

いづみは衣装をまとめて抱《かか》え上《あ》げると、楽屋を飛び出した。

「みんな、大変！」

談話室にはまだ秋組メンバーが残っていた。血相を変えて飛び込んできたいづみを見て、万里が不思議そうな顔をする。

「どしたんだよ、監督ちゃん？」

直後、左京がいづみの抱えているものに気づいて表情を凍《こお》らせた。

「お前、それ……」

「——衣装、全部ぼろぼろになってるの」

「誰がこんなこと——」

十座の目に怒りがこもる。

「なあ、これ、衣装のポケットに入ってた」

自らの衣装を確認していた万里が、一枚の紙を広げてみせた。

「『舞台を中止シロ』だってさ」

いつかと同じような文面に一同が黙《だま》り込んだとき、ちょうど幸《ゆき》が談話室に入ってきた。

「——ちょっと、何それ？」

呆然《ぼうぜん》とした様子で、ぼろぼろになった衣装を手に取る。

「幸くん……」

いづみが気遣《きづか》うように声をかけると、幸はぎゅっと衣装を握り締めた。

「……許せねぇ」

低い声は、これまでいづみが聞いたことがないくらい怒りに満ちていた。

「せっかく幸が作った衣装、こんなにするとかマジありえねぇ」

「犯人は見つけたらぜってぇ殺す」

「だな」

万里と十座も拳を握り締める。

「それより、どうすんだ。明日のゲネプロ」

冷静さを保つように左京が切り出すと、いづみはうろたえた様子で口元を手のひらで覆《おお》った。

「どうしよう……何か代用できる衣装で……」

「監督、一日だけ待って。作り直す。絶対に本番に間に合わせるから」

幸がきっぱりと言い切るが、いづみは迷うように視線を落とした。

「でも――」

「半端《はんぱ》な衣装で舞台立たせたりしない。こんな嫌《いや》がらせに負けてたまるか。絶対完璧《かんぺき》な衣装で舞台に立たせてやる」

幸の目は怒りと強い決意に満ちている。いづみは幸をじっと見つめた後、うなずいた。

「――わかった」

それから支配人の方を振り返る。

「支配人、公開ゲネプロは中止で！　至急連絡《れんらく》お願いします！」

「は、はい！」

支配人は慌ただしく談話室を出ていった。

「必要なもんがあれば言え」

「ベースにするスーツが人数分欲しい。この際国産でも新品でもなんでもいい」

左京の申し出に対して、幸が即座《そくざ》にそう答えると、左京が指を鳴らした。

「迫田《さこだ》！」

「へい！」

どこからともなく迫田が談話室に滑《すべ》り込んでくる。

「二十四時間営業の紳士服《しんしふく》の店行って、人数分のスーツ買ってこい」

「あいあいさー！」

「飛ばせよ」

「十分で行ってきやすぜ、アニキ！」

迫田はそう返事をすると、勢いよく談話室を飛び出していった。

「私たちも協力するよ」

「何すればいい」

いづみに続き、十座も幸に声をかける。

「俺も裁縫《さいほう》なら、多少できると思う」

「俺、なんでもできっから。ミシンとかやったことねぇけど、秒で覚える」

臣と万里が申し出ると、衣装の状態を確認していた幸が顔を上げてにやりと笑った。

「上等」

「その特技、初めて役に立つじゃねぇか」

十座に揶揄されると、万里は軽く鼻を鳴らした。

「不器用なやつは切り裂かれたパーツ揃《そろ》えて並べて。ダメージがひどいやつからこっち持ってきて」

てきぱきとした幸の指示に従って、他のメンバーが即座に動き始める。

（お願い、間に合って……）

いづみは祈《いの》るような気持ちで、衣装を広げた。


本番初日の朝、談話室の床《ゆか》には裁縫道具や、糸や布の切れ端《きはし》が散乱していた。

「で、できた……！」

最後の一着がトルソーから脱《ぬ》がされるのを見て、いづみがぐったりとその場にへたり込む。

「急いで試着して確認して」

幸がそう言いながら修復した衣装を秋組メンバー一人一人に押しつける。

「……大丈夫だ」

すぐに着替《きが》えた十座が、自らの姿を見下ろしてほっとしたような声を漏らした。

「問題なし！　さすが俺！　と幸！」

「今回だけは認める」

万里が自画自賛すると、十座も低く同意した。

「直したところも、よく見ねぇとわからねぇな」

左京も感心したようにつぶやく。

「近くで見ると気づくけどね。観客にはばれない」

「それで十分だよ！　幸くん、お疲れさま！」

いづみは、丸一日働き通しで宣言通り衣装を仕上げた幸をねぎらった。

幸だけでなく、その場にいた全員寝不足で疲れ切った顔ながらも、安堵《あんど》の表情を浮かべていた。間に合わなければ公演初日が台無しになるという緊張感《きんちようかん》から、ようやく解放されたのだから無理もない。

そんな中、太一は一人、無表情でたたずんでいた。

「太一くん？　衣装は大丈夫だった？」

いづみが声をかけると、ぎくっと大仰《おおぎよう》に肩を震わせる。

「――あ、ああ、大丈夫ッス」

ぎこちなく答える太一を見て、左京が眉をひそめた。

「おい、七尾《なな お》、お前……」

何か言いかけた左京の言葉を、臣がさえぎる。

「太一、調子悪いのか？　本番まであと数時間あるし、少しでも仮眠《かみん》とった方がいいぞ」

うろたえた様子で何も答えない太一の背を軽く押《お》してうながす。

「ほら、行くぞ」

「あ、う、うん」

臣はなかば強引《ごういん》に太一を談話室から連れ出した。

左京が険しい表情で、そんな二人の背中をじっと見つめていた。

「みんなも少し休んで」

「リハとかいいのか？」

気遣うように声をかけたいづみに、万里がたずねる。

「今は体調を万全《ばんぜん》にすること最優先で考えて」

「わかった」

「っす」

万里と十座は素直《す なお》にうなずくと、あくびを噛《か》み殺しながら談話室を出ていった。

その数時間後、公演は予定通り行われることになった。

開場と同時に、多くの客がMANKAI劇場を訪れる。トラブルのことなど知る由《よし》もない観客たちは、一様に期待に胸ふくらませた様子で、幕が上がるのを待っていた。

(ゲネもなしに初日なんて前代未聞《ぜんだいみもん》だ……みんな寝不足で体調最悪だし……大丈夫かな)

客席の最後部にいたいづみは、心配げな表情で舞台を見つめていた。ここまでくると、いづみにできることは何もない。

(どうか無事に終わりますように……)

祈るようにそっと目を伏《ふ》せたとき、開演を知らせるブザーが鳴り響いた。

重い緞帳《どんちょう》が音もなく上がり、応接室のようなセットが現れる。

『話ってなんですか、ボス』

『ルチアーノ、ランスキー、お前ら二人でコンビ組め』

『はあ!?』

『嫌です』

いづみは冒頭《ぼうとう》のシーンの芝居を見て、ふと意外そうな表情を浮かべた。

（あれ……？　テンションが高い？）

三人とも、いつもよりも芝居に勢いがある。

『そりゃ、俺の台詞《せりふ》だ！　なんで、俺がこのドケチランスキーとコンビなんて！　貧乏《びんぼう》がうつっちまう』

『こっちこそ、シモの病気をうつされそうだ。絶対に嫌です』

『俺の方が嫌だ！』

『うるせえ！　ガキじゃねえんだから、ごちゃごちゃ言ってねえで、さっさと仕事行け！』

左京扮《ふん》するカポネの一喝《いっかつ》も、今まで以上にドスが利《き》いていた。

（寝不足がいい感じに影響《えいきょう》したのかな。みんな肩の力も抜けて、いつも通りにやれてる）

初日ともなると、気負って緊張しがちだが、秋組メンバーには一切《いっさい》そんな様子は見られなかった。

その後も勢いを保ったままクライマックスを迎《むか》え、カーテンコールでは割れんばかりの拍手《はくしゅ》に包まれる。

「春組と夏組も見たんだけど、今回かなりテイスト変わってて面白い」

「うんうん。こういうのもいいね～」

観客たちの好意的な感想がいづみの耳にも届く。

（よかった……無事に終わった……このまま体調回復しながら調子上げてけば、きっと大

丈夫）

いづみはほっと胸をなでおろすと、楽屋へと急いだ。

「みんな、お疲れさま！」

晴れ晴れしい表情で楽屋のドアを開けたいづみが見たのは、死んだように倒《たお》れ伏すメンバーたちの姿だった。大小さまざまな寝息があちこちから響いてくる。

「みんな、寝てる……」

呆気《あっけ》にとられた様子でつぶやくと、唯一《ゆいいつ》意識のあった左京が肩をすくめてみせた。

「終わるなりこの有様《ありさま》だ」

「さすがにスタミナ切れちゃったんですね」

いづみはメンバーたちを見つめて、柔《やわ》らかな笑みを浮かべた。

「お疲れさま。みんな、すごく頑張ったね」

「まだ初日が終わっただけだ。これからだぞ」

「そうですね。でも、大きな一歩です！」

いづみが力強く告げると、左京も表情を和《やわ》らげて、眠《ねむ》り続けるメンバーに視線を移した。

「……まぁな。体力バカが揃っててよかった」

「はは、そうですね」

笑ってうなずいたいづみの視線が、一点で止まる。

「あれ？」

楽屋のドアの前に、一通の手紙が落ちていた。首をかしげながら拾い上げる。

宛名《あてな》も差出人も何も書かれていない。不自然なまでに素っ気ない白い封筒《ふうとう》は、既視感《きしかん》を覚える。

「左京さん、この手紙……」

いづみが不安そうに左京に手渡すと、左京も表情を硬《かた》くした。

「ファンレターではなさそうだな」

ゆっくりと中の便せんを取り出して、内容を読み上げる。

『今度は衣装だけでは済まないゾ』

いづみは半ば予想していたというように、驚《おどろ》くこともなくきゅっと唇《くちびる》を噛み締めた。

「また、脅迫状《きょうはくじょう》……警察に相談したり、セキュリティを強化した方がいいんでしょうか……」

いづみの問いかけに、左京はゆっくりと首を横に振った。

「……いや、その意味はおそらくない」

「え？」

いづみが聞き返すも、左京は考え込むように黙ってしまった。

（どういう意味だろう……）

いづみはなんとも言えない嫌な胸騒《むなさわ》ぎを覚えながらも、それ以上何も聞くことができなかった。


三通目の脅迫状が届いてから三日、公演は滞《とどこお》りなく進んでいた。

ソワレの休憩時間、いづみはこのまま無事に過ぎていくことを祈りながら、時計をちらりと確認した。

(休憩が終わるまで、十分か……楽屋の様子を見に行こうかな)

楽屋へ続く通路を歩いていた時、向こう側から支配人が慌てた様子で駆けてきた。

いづみの姿を認めた途端、大きく腕《うで》を振る。

「監督、大変です！」

「どうしたの？」

「とにかく、楽屋へ――」

ただならぬ様子を察し、いづみは支配人と共に楽屋へと急いだ。

「やべぇな……」

「よりによって、公演中かよ」

楽屋のドアを開けた途端、万里と十座の苦々しいつぶやきが聞こえてきた。

他のメンバーも一様に顔をしかめている。

「みんな、何があったの？」

「小道具のピストルがなくなった」

「え⁉」

左京の説明を聞いて、いづみの顔色がさっと変わる。

「一つ残らず消えてる」

臣が指し示した小道具の箱は、やけにがらんとしていた。

（まさか、盗《ぬす》まれた……？）

「休憩終わるまであと十分もないか……代わりを手配しても間に合わねぇ。かくなる上は
モノホンのチャカを……」

「それはアウトでしょ⁉」

左京の本気だか冗談《じょうだん》だかわからない言葉を聞いて、思わずいづみが突っ込む。

「次にピストルを使うのは？」

「……俺っす」

臣の問いかけに、十座が手を挙げる。

「休憩明けの次のシーンか……。どう考えても間に合わないな」

「もうすぐ休憩終わります！」

臣が時計を見上げたとき、支配人が悲鳴のような声を漏らした。

「とにかく舞台を空けるわけにはいかねぇ。出るぞ」

「っす」

腹をくくったような左京の声かけに、十座が真剣な表情でうなずく。

「くそ、やるしかねぇか」

「そうだな……」

万里が忌々《いまいま》しげに毒づくと、臣も考え込むように同意した。

その横で、太一は何を考えているのかわからないような、どこか空虚《くうきょ》な表情で立ちすくんでいた。

（どうしよう。どうすれば……）

焦りばかりが募《つの》って、何もいい案が思い浮かばない。いづみが顔をゆがめたとき、時間切れを伝える無情なアナウンスが流れた。

「間もなく開演いたします。ご着席になり、お待ちください」

いづみたちが舞台袖に急ぐと、劇場内が暗闇《くらやみ》に包まれ、静かに幕が開く。

休憩明けは、ランスキーの裏切りでルチアーノが陥《おとしい》れられるシーンから始まる。

『ルチアーノ、お前が裏切っていたとはな』

カポネ役の左京の登場に、万里が一瞬《いっしゅん》表情を変えた。

本来、左京の出番はこの後のはずだった。左京も万里の表情で自分のミスに気づき、動きを止める。

不自然な沈黙《ちんもく》が舞台上を流れた。

（左京さんが出るタイミングを間違えた……!?　どうしよう。このままだと話がつながらない。幕を下ろす？）

いづみがとっさに動こうとした時、十座がそれを制止した。

「……俺に、任せてくれねぇか」

「え？　でも十座くんの出番はまだ後だし、それにピストルが――」

いづみが戸惑《とまど》っている間に、十座は舞台上に飛び出した。

『ボス、ソイツから離れてください』

鋭《するど》い声でそう言い放ち、カポネをかばうようにルチアーノの前に立ちふさがると、銃《じゅう》を構える仕草をした。

突然の展開に驚いたように、万里が目を見開く。

『ランスキー……』

左京も虚《きょ》を突かれたように十座の姿を見つめる。

（ピストル……？　違う、手でピストルの真似してるだけだ）

拳銃《けんじゅう》を構える仕草をしていても、その手に拳銃はなく、親指と人差し指で拳銃を形作っているだけだ。

「ね、あれ、手じゃね？」

「ピストルは？」

「忘れたとか？」

小さなささやきがさざ波のように客席をざわつかせる。前半は小道具を持っていただけに、余計に違和感があったのだろう。

（お客さんにも気づかれてる……このままだと、舞台が壊《こわ》れる）

いづみがぎゅっと唇を嚙み締めた時、舞台上の左京が動いた。

『後は任せたぞ、ランスキー』

『はい』

左京は冷たく告げると、コートをひるがえしてその場を去る。

『誤解だ、ボス！　俺は裏切ってなんか――』

左京の芝居を受けて、万里がすがろうとすると、十座が一歩前に出た。

『動くな』

その言葉と同時に十座の手が小さく跳《は》ね、発砲音《はっぽう》が響く。

万里はあたかも自分の足元に銃弾《じゅうだん》が埋《う》め込まれたかのように、体をすくませた。直後、十座を怒りのこもったまなざしで睨みつける。

『てめえ、弟のためなら何してもいいと思ってんのか！　この腐《くさ》れ外道《げどう》！』

『金のためならなんでもする外道だって、元からわかってただろ』

『ぶっ殺す!!』

万里がとびかかろうとした時、再び銃が発砲される。十座の手で形作られた拳銃が反動で跳ねるのと同時に発砲音が響き、万里が飛び退《すさ》る。

そのごく自然な一連の流れの中で、拳銃が実際にその手にあるかどうかは、観客にとってもはや問題ではなくなっていた。

「……なんか、ピストルに見えてきた」

「わかる。撃《う》った時の反動とかさ、タイミングとかリアル」

「うんうん」

声にならないささやきと共に、観客が舞台に集中し始める。その目に映っているのは、本物の拳銃を手に立ち回るマフィアたちの姿だった。

十座に倣《なら》って、万里も手の拳銃で応戦する。芝居はまるで何事もなかったかのように進んでいた。

（十座くん……他のみんなも演技でちゃんとピストルを見せてる。すごい……これならいける！）

手ごたえを感じたいづみは、踵を返すと楽屋の方へと急いだ。

（みんなに任せれば舞台は大丈夫だ。私は急いでピストルを手配しよう――！）

右往左往している支配人の姿を見つけて、いづみが呼び止める。

「支配人、迫田さんを知りませんか⁉」

「え⁉　あ、迫田さんなら、関係者席に――」

「ありがとうございます！」

いづみはくるりと方向転換《てんかん》すると、客席へ続く扉《とびら》へと駆けだした。


結局、その日の公演は十座の機転によって無事に終演を迎えた。

普段《ふだん》よりも疲れ切った様子の秋組のメンバーが談話室で休んでいると、迫田が飛び込んでくる。

「監督の姐《あね》さん！」

「迫田さん、どうでした⁉」

ぱっと顔を上げたいづみに、迫田がにっと歯をむき出して笑ってみせる。

「チャカ五丁、無事に買ってきやした！」

そう言って掲げた袋《ふくろ》には、玩具店《がんぐてん》のロゴマークが印刷されていた。

それを確認したいづみが肩の力を抜く。

「よかった……これで明日のマチネには間に合う……」

(今日の公演には間に合わなかったけど、明日からは大丈夫だ)

胸をなでおろしていると、ソファに座《すわ》っていた万里も臣もほっと息をついた。

「……これで明日からはなんとかなるな」

「迫田さん、お疲《つか》れっす」

「このくれぇ、大したことねぇっすよ！」

迫田がぶんぶんと手を横に振っていると、十座もため息をつきながらソファに体を沈《しず》めた。

「みんな、今日はお疲れさま」

安堵の表情を浮かべながらも、疲れが色濃《いろこ》く見える秋組メンバーを労《いた》わるようにいづみが声をかける。

「トラブルがあったけど、無事に切り抜けてくれて、本当に良かった」

いづみが微笑むと、万里もにやっと口元をゆがめて笑う。

「まさか手でピストルやるとは思わなかったけどな。コントかよ」

「うるせぇ。思いつかなかったんだからしょうがねぇだろ」

十座が顔をしかめながら言い返すと、臣も笑顔を見せた。

「必死だったせいか、ピストルに見えてきたけどな」

「たしかにな」

万里が素直にうなずくと、いづみも続く。

「お客さんも感心してたよ」

解放感からいづみたちが他愛《たわい》のない会話を続ける中、太一は一人考え込むように床を見つめていた。

「あれ？　アニキは？」

ふと、迫田が辺りをきょろきょろと見回す。

「そういえば、まだ戻ってきてないのかな」

いづみが首をかしげると、十座が口を開いた。

「楽屋では一緒だった」

「じゃあ、まだ劇場にいるのかな。呼んでくるよ」

いづみがそう言って立ち上がると、迫田も腰《こし》を浮かす。

「それならおれが――」

「迫田さんは休んでて」

「っす」

いづみが労わるように微笑むと、迫田は少し考えた後素直に腰を下ろした。

人気のないＭＡＮＫＡＩ劇場の舞台の上に、左京の姿があった。舞台の中央で、じっと客席の方を見つめて立ちすくんでいる。

客席側の扉から中に入ったいづみは、左京を見つけて不思議そうな表情を浮かべた。いづみの姿が見えているだろうに、左京は微動《びどう》だにしない。

（もしかして、今日のミスのこと、気にしてるのかな）

左京の様子がおかしい理由に思い至ったとき、左京がゆっくりと顔をうつむかせた。

「……圧倒的《あっとうてき》に本番の経験が足りない。わかっていたことだ。それでも、こんな無様な真似するとはな……」

自嘲《じちょう》するように口元をゆがめる。いつもの左京らしくない、弱々しい声だった。

「左京さん……」

心配そうにいづみが左京に近づく。

「二度とこの舞台に立つことはできないってわかっていても、ずっと諦《あきら》められずに独学で芝居を学んでいた。でも、なんの意味もねぇ。板の上じゃ、それだけじゃ歯も立たねぇ」

左京は落胆《らくたん》したように緩《ゆる》く首を横に振った。

（舞台に上がった経験はなくても、基礎《きそ》がしっかりしてて知識があるのは一人で頑張ってたからなんだな……）

オーディションや、最初の稽古の時のことを思い返す。

左京は陰《かげ》の努力を一切ひけらかすことはなかった。左京にとってその努力は、誰かに成果を披露《ひろう》するためのものではない。ただ自分のやり場のない後悔《こうかい》をなぐさめるためだけのものだった。いづみが秋組に誘《さそ》わなければ、今でも誰にも知られることなく、秘められたままだっただろう。

左京が顔を上げて、いづみをじっと見つめる。

「お前に引っ張り上げられたおかげで、ずっと夢見ていた舞台に立つことができた。今まで続けていた努力への、手ごたえも感じた」

左京はそこまで言うと、自らの両手の平をじっと見下ろした。

「でも、今日はっきりと思い知らされた。目を背《そむ》けていた間に、指の隙間《すきま》から零《こぼ》れ落《お》ちていたものは、思ったよりも大きかったんだ。思い上がっていたことへの報《むく》いだな。俺に舞台に立つ資格なんてないってことを思い出した」

左京の鋭いまなざしが影を潜《ひそ》めると、その奥の傷ついた子どものような眼《め》があらわになる。

渇望《かつぼう》していた舞台に上がることができた喜びは、左京の絶望をさらに深めた。むき出しになった胸《むね》の奥底の希望がズタズタに切り裂かれる痛みは、左京にとって耐《た》えがたいものだっただろう。

一度開いた希望への扉を、再び閉《と》ざすように、左京が目を伏せる。

（『ポートレイト』でも感じた左京さんの後悔……年月の長さの分だけ、十座くんよりも深くて重い。雄三さんの言う通り、左京さんの場合はそこからまだ抜け出せきっていないのが、歯がゆい）

いづみはぎゅっと唇を噛み締めると、また一歩左京に近づいた。

「……左京さんが秋組に入ってくれて、私個人としてはとても助かりました。私が今まで一人で背負って悩《なや》んでいた部分を、左京さんが一緒に背負ってくれたから」

稽古へのアドバイスや、クセの強い秋組メンバーたちへの叱咤《しった》はいづみ一人では手に余るものだっただろう。

何より秋組メンバーにとっては、左京の荒療治《あらりょうじ》ともいえるやり方が合っていた。

左京がいなければ、秋組はここまで来られなかった。左京がいたからこそ、全員気を緩めることなくやってこられたと、いづみはそう思っていた。

「左京さんは、稽古場で私寄りの立場でいてくれる。本当にありがたいです。でも、ずっとどかしさも感じていたんです」

「……どういう意味だ？」

怪訝そうな表情を浮かべる左京を、いづみはまっすぐに見つめた。

「左京さんは秋組のみんなと本当の意味で対等の立場に立ってない。年齢《ねんれい》が、とかそういう意味じゃないんです。たとえば万里くんと十座くんのように、張り合っていこうとしていない。むしろ道を譲《ゆず》ろうとしてるんじゃないですか」

問いかけというよりは、断定するようにいづみが告げると、左京は図星をつかれたように視線をさまよわせた。

「それは……」

「年長故《ゆえ》の気遣いかもしれません。でも、それは、同時に左京さんが自分自身を変えることから逃げてるっていうことです」

「逃げてる？」

「自分に舞台に立つ資格はないっていう言葉が、その表れです。左京さんはまだ、心のどこかで舞台に立つことを諦めてる」

いづみはそう断言すると、力を込めて先を続けた。

「左京さんはこれからも舞台に立つんです。舞台の上で、今以上にいい芝居をしていかないといけない。そのためには秋組のみんなよりももっともっと前に出て、失敗もたくさんして、守りに入っちゃダメなんです。経験を積んでいかなきゃ、成長なんてできません。今までの自分を捨ててください。もう、左京さんは舞台を諦めていた左京さんじゃないんです」

いづみの熱を感じて、左京が一瞬言葉を失う。

（……言いすぎちゃったかな）

一向に何も返事をしない左京を前に、いづみが気まずそうな表情になる。

「……ナマ言いやがって」

しばらく黙った後、左京がぽつりとそうつぶやいた。怒《おこ》るでもなく、ふっと肩の力を抜くようなそんな声だった。

歳《とし》を重ねた大人であるが故に傷つくことから逃げるのがうまくなる。諦めることに慣れていた左京にとって、いづみの言葉は痛烈《つうれつ》だった。

一度立ってしまったからには、もう舞台からは逃げられない、そんな宣告のように感じられた。逃げ道を絶たれれば、左京は無理やりにでも前を向くしかない。それが嫌ではなく、むしろ爽快《そうかい》だった。

「……すみません」

いづみが反射的に謝《あやま》ると、左京はにやりと笑う。

かつて左京をＭＡＮＫＡＩカンパニーに引《ひ》っ張《ぱ》り込んだ少女は、またしても左京の背中を舞台へと勢いよく突《つ》き飛《と》ばした。

「……俺に本気を出させたことを、後悔させてやるよ」

左京の表情はいつもの不遜《ふそん》さを取り戻していた。


翌朝、マチネを控《ひか》えた秋組はいつもより早めに談話室でミーティングを行った。

「んじゃ、今日のミーティングはこんな感じで」

万里がそう締めくくろうとしたとき、左京が軽く手を挙げる。

「一ついいか」

「っす、どーぞ」

「昨日のミスはすまなかった。今後は気をつける」

意外なほどストレートな左京の謝罪を受けて、一瞬その場にいた秋組メンバー全員がぽかんとする。

左京はそんなメンバーの顔をぐるりと見回した後、連絡事項《じこう》でも告げるかのように淡々《たんたん》と先を続けた。

「それから、今まで役者として若い奴らに道を譲るため、一歩引いてた部分がある。でも、監督に発破をかけられてな。これからは、舞台の上でお前らを食う勢いでやる。お前らに言うことは一つだけだ。俺に食われるな。以上」

もはや謝罪なのか挑発《ちょうはつ》なのかわからない左京の言葉を聞いて、万里が噴《ふ》き出す。

「……後半、昨日ミスったおっさんが言う言葉かよ」

「おい、万里」

臣がたしなめようとすると、左京もにやりと笑った。

「まぁ、それもそうだな。だから、おっさんも舞台では必死にならねぇとって話だ。覚悟《かくご》しとけよ」

「……こえぇな」

「……全力でやり返す」

万里がおどけるように肩をすくめれば、十座が真剣な表情で左京を見つめる。

「上等だ」

「はは。みんな、お手柔らかに頼むよ。でも、そういうことなら俺も負けてられないな」

目に見えるほどの火花を散らす三人を見て、臣は朗《ほが》らかに笑いながらも、気を引き締めるように自らの拳を軽く叩いた。

その日のマチネでは、芝居全体の雰囲気がいつもと少し違っていた。

『ランスキーとはうまくやってるみたいだな』

左京演じるカポネがルチアーノに声をかける。

『おかげさまで。ボスの目論見《もくろみ》通りですよ』

『そりゃ結構だが、あんまり信用しすぎるなよ』

『どういう意味ですか？』

『そのままの意味だ』

含《ふく》んだような演技はそれまでと変わらないものの、今日の左京は警告するような色をにじませていた。

一つ一つの芝居がこれまでよりも深く、観客にカポネの存在を強く印象づけていく。

（今日は左京さんの気迫《きはく》が違う……）

いづみだけではなく観客もそう感じていたのだろう。左京が舞台に出てくるだけで、自然とカポネに観客の視線が集中していた。

『ルチアーノ、お前が裏切っていたとはな。思ってもみなかった』

『誤解だ、ボス！　俺は裏切ってなんか――』

『ランスキーが証拠《しょうこ》を揃えてる。言《い》い逃《のが》れはできない』

決して怒鳴《どな》っているわけではないのに、その視線と声、態度で、相手を威圧《いあつ》する。そこにいるのは冷酷無慈悲《れいこくむじひ》なマフィアを束ねるボス、そのものだった。

万里扮するルチアーノがカポネの気迫に気圧《けお》され、息を吞《の》む。

（万里くんがのまれた……）

ルチアーノとしてではなく、万里自身が怯《ひる》んだことをいづみは見抜いていた。

もともと左京が持っていた凄味《すごみ》に貪欲《どんよく》さが加わって、今まで以上にマフィアのボスという役の説得力が増していた。左京が出てくるたびに舞台がぐっと引き締まる。

いづみはこれまで以上の手ごたえを感じていた。

やがて静かに幕が下りて、今までで一番大きな拍手が劇場を包む。

カーテンコールに出てきたメンバーの中で、左京がひときわ大きな拍手で迎えられた。

「――くそ」

万里は主役以上の拍手を引き出した左京の姿を見て、悔《くや》しげに毒づく。

「だから言っただろうが」

鼻で笑うように左京が告げると、十座と万里の目がぎらついた。

「ぜってー負けねぇ」

「次はやり返す」

「やってみろ」

競《きそ》い合《あ》うことでモチベーションを上げていく三人を、太一が暗い表情でじっと見つめていた。その目はどこか空虚で、何も映していない。

「太一？」

臣が心配そうに声をかけると、太一ははっとした表情を浮かべた。

「……ごめ、俺っち、トイレ行ってくる」

そう言って逃げるようにその場から立ち去る太一に、いづみが気づかわしげに視線を送る。

(どんどん調子を上げてる他のメンバーと違って、太一くんだけ調子が悪そうだな……)

とっさに太一の背中を追いかけようとしたいづみを、左京が止めた。

「ほっとけ」

「え？　でも――」

「今、お前にできることは何もない」

左京にそう断言されて、いづみはためらいながらもその場にとどまった。

(左京さん、何か知ってるのかな)

いづみがもの言いたげに左京を見たが、左京はそれ以上何も言おうとはしなかった。

その夜、寮《りょう》の中庭にスマホを握り締める太一の姿があった。

『一体どうなってるんだ？』

電話の向こうから漏れてくるのは、GOD座《ゴッドざ》の主宰《しゅさい》である神木坂《かみきざか》レニの刺々《とげとげ》しい声だった。太一は痛みに耐えるかのように、ぎゅっと目を閉じる。

「……すみません」

『明日千秋楽だっていうのに、評判は落ちるどころかうなぎ上りじゃないか』

「小道具や衣装の管理は厳しくなったので、他の部分で妨害《ぼうがい》を続けているんですが……」

太一は辺りをはばかるように声を潜める。

『まあ、終わったことについてはもういい。残るは千秋楽だ。そこであいつらの舞台をめちゃくちゃにしろ。舞台の上で泣きわめこうが、最前列の客に殴りかかろうが構わない。どんな手を使ってでも、確実に壊せ』

淡々と告げるレニの言葉を、太一は何も言わずに聞いていた。

『わかっているな？　これをしくじれば、今後お前が舞台に立つ機会はないと思え。間違っても、その劇団に残れると思うなよ。会場で、お前を監視《かんし》してるからな』

返事をしない太一に焦《じ》れたかのようにレニはそう釘を刺すと、ぶつりと無遠慮《ぶえんりょ》に電話を切った。

太一はスマホを耳に当てたまま、呆然とした表情で立ちすくむ。

「……太一」

不意に背後から臣に声をかけられて、太一の体が大きく跳ねた。

「……大丈夫か？」

すべてを見透《みす》かしたかのようなまなざしで、臣はゆっくりと労わるようにそう告げた。

太一の体がガタガタと震えだし、その場に崩《くず》れそうになるのを、臣が支える。

「臣クン……どうしよう……どうしよう……俺……」

太一がうわごとのようにつぶやく。

「……落ち着け」

臣は太一を落ち着かせるように、ゆっくりとその両腕をさすった。

「俺なんだ……全部。脅迫状を書いたのも、衣装を切り裂いたのも、小道具隠《かく》したのも」

「……そうか」

太一の告白を聞いても、臣は驚くでもなく、ただ短くうなずく。

「臣クン、俺……舞台降りなきゃいけないよね。こんなことして、続けられるわけないよね？」

すがるように臣を見上げる太一の目に、見る間に大粒《おおつぶ》の涙《なみだ》が浮かぶ。

「でもさ、ほんとはこんなことしたくなくて――っ」

それ以上は言葉にならず、ただ涙がぼろぼろと零れ落ちた。

「落ち着けって」

臣が太一の両腕を掴む手に力を籠《こ》める。

「一緒に、みんなに話しに行こう。俺は、太一が何かを抱えていることを知ってた。それ

でも、何もしてやれなかった。俺にも責任がある」

臣が太一を励《はげ》ますようにそう告げると、太一は涙を流しながら首を横に振った。

「みんな、許してくれないよ。あんなことして、許されるわけない……。でも、俺、みんなと一緒にやりたいんだ……みんなと最後まで舞台に立ちたい……っ」

太一はそこまで言うと、こらえきれずに声を上げて泣きだした。

「大丈夫だ。大丈夫だから……」

臣は太一の腕を優《やさ》しくさすりながらそう繰り返した。

その数時間後、談話室で最後のミーティングが行われた。

「今日のミーティングはこんなもんか。あとは、明日の千秋楽突《つ》っ走《ぱし》るだけだな」

「後悔しないようにしろよ」

「っす」

万里の言葉に左京が続けると、十座が力強くうなずいた。

そんな中、臣がゆっくりと手を挙げる。

「一ついいか」

びくりと太一が体を震わせる。

「なんすか？」

万里が問いかけると、臣は太一を促《うなが》した。

「太一」

逡巡《しゅんじゅん》の後、太一がゆっくりとうなずく。

「太一くん？　どうしたの？」

いづみが様子のおかしい太一を心配そうに見つめると、太一はつばを飲み込んでから口を開いた。

「あの——今までの、いやがらせ、全部俺がやったんだ。ごめん」

「え!?」

太一が震える声で謝罪の言葉を口にすると、いづみが目を丸くした。

「……マジかよ」

万里や十座も驚く中、左京はじっと静かに太一を見つめていた。

「なんであんなことしたんだ。衣装、どんだけ苦労して作ったか、わかってんだろ」

十座が問いかけると、太一が泣きだしそうに顔をゆがめる。

「ほんとに悪かったと思ってる」

「どうして？　何か事情があったの？」

いづみが責めるでもなく、そうたずねると、太一はぽつりぽつりと語り始めた。

「……俺、元々、GOD座に所属してたんだ。それで、スパイとしてMANKAIカンパニーにもぐり込めって言われて……この劇団の舞台をめちゃくちゃにしたら、GOD座のメインキャストにしてくれるって言われたから、俺――」

太一はそこで言葉を詰まらせると、こみ上げる涙をこらえるようにぎゅっと唇を噛み締め、思い切り頭を下げた。

「本当にごめんなさい……っ」

「つまり、GOD座の主宰に命令されたってことだな？」

「――はい」

左京が確認するように聞き返すと、太一がうなだれる。

「でも、どうしてうちの舞台を潰《つぶ》せなんて……」

いづみが困惑《こんわく》した表情を浮かべれば、万里と十座は憎々《にくにく》しげに拳を握り締めた。

「そりゃ、本人に確かめるしかねぇだろ」

「許せねぇ……」

「……っ、ごめんなさい。ごめんなさい」

ひたすら謝り続ける太一の肩を臣がなだめるように叩き、横に並んで頭を下げた。

「俺も太一の異変に気づいていて、何もできなかった。悪い」

（まさか、太一くんが犯人だったなんて……様子がおかしかったのはそのせいだったんだ）

いづみが複雑な表情で太一を見つめる。

「ごめんなさい、ごめんなさい、ごめんなさい……」

「太一くん……」

太一の後悔が痛いほど伝わってくるだけに、いづみを始めその場にいた誰もが、なんと声をかけたらいいかわからずにいた。

「……なぁ、『ポートレイト』やろうぜ」

沈黙を破ったのは、万里だった。

「え？」

いづみが聞き返すと、万里が続ける。

「監督ちゃん以外で、秋組全員の『ポートレイト』を観てんの、俺だけじゃん？　だから思うんだけどさ。あれ絶対お互《たが》い見せ合っといた方がいい。特に今は。あれを見て、俺は兵頭《ひょうどう》に負けたくないって思ったし、左京さんがこうるせーことクドクド説教してくる理由がわかった。あと大して年変わらねーはずの臣が、なんか妙に達観してんのもわかった気がする。でも、太一のだけが違った」

万里がそう言って太一を見つめると、太一が体をすくませる。

「雄三のおっさんの言う通り、お前の『ポートレイト』だけは、不思議とお前が見えてこなかった」

（万里くん、あの時そんなことを思ってたんだ……）

劇団を辞《や》めるか辞めないかという状況《じょうきょう》で、そこまで万里が冷静に芝居を観ていたことを少し意外に思う。

「……それに、俺の披露がまだだったしな。太一、あの時見せたのとは違う、お前のマジの『ポートレイト』やってみ。お前がやった後で、俺もやるからさ」

万里がそう促すと、太一は戸惑ったような表情を浮かべた。

「でも、俺……」

「そんで、みんな納得《なっとく》させてみろよ。説明するより、それのがわかりやすい」

万里がそう言い切ると、太一は意を決したようにうなずいた。

「――うん、わかった。やってみる」

第10章 ポートレイトV 七尾太一

——ずっとずっと、みんなに好かれたかった。愛されたかった。

小学校の時からクラスでも影《かげ》の薄《うす》い存在だった。風邪《かぜ》で休んでも気づかれないくらい。勉強もスポーツもだめで、面白《おもしろ》いことができるわけでもない俺には、これっぽっちも目立てる要素がなかった。

でも、ある時、クラスでウルトラヨーヨーが流行《はや》った。

俺と同じように大人しくて冴《さ》えないクラスメイトがヨーヨーの大技《おおわざ》を披露《ひろう》して人気者になったのを見て、俺も必死に練習を始めた。

何日も朝から晩まで練習して、なんとか大技ができるようになって、クラスで披露した時にはもう流行は終わってた。

そんなふうに要領の悪い俺が、たった一度だけ目立てたのがテレビ出演だった。

親戚《しんせき》の紹介《しょうかい》で子役のエキストラをやって、ドラマに一瞬《いっしゅん》ちらっと映ったことがあった。

それを見ていたクラスメイトが、「七尾《ななお》、テレビ映ってすげーな」ってほめてくれて、他のクラスメイトも集まってきた。

それが人生で唯一《ゆいいつ》、俺が目立てた瞬間《しゅんかん》だ。

自分には、きっとこれなんだと思った。

両親に頼《たの》み込んで子役のアカデミーに入って、舞台《ぶたい》やドラマのオーディションを受け続けたけど、回ってくるのはエキストラばかり。

どんなに頑張《がんば》っても俺は影の薄い通行人のまま。俺には徹底的《てっていてき》に華《はな》がないことを痛感した。

そんなとき、たまたまエキストラで出演したドラマの主役が皇天馬《すめらぎてんま》だった。

同い年の天馬を見て絶望した。

自分は絶対、天性の魅力《みりょく》を持ったあっち側の人間にはなれない。髪《かみ》を染めて、服装を変えて、努力したって、絶対あっち側には行けない。

そんなふうに思いながらも諦《あきら》めきれなくて、端役《はやく》を務めるアンサンブルキャストとして、なんとかGOD座《ゴッドざ》に入団できた。

舞台の真ん中で堂々と演技をする丞《たすく》サンや晴翔《はると》クンを見つめながら、端《はし》っこの引き立て役になる。

決して中心にはなれないその他大勢、小学生の時と変わらない。

自分はどんなに頑張っても、ここまでなのかもしれない。そう思っていた時、主宰《しゅさい》のレニさんに呼び出された。

「MANKAIカンパニーという劇団に、新人団員としてもぐり込め」

「……え？　それって、スパイってことッスか？」

「呑《の》み込みが早いな。おまえには、あの劇団の舞台をめちゃくちゃにしてもらう」

もちろん、どこの劇団の舞台だろうが、そんなことはしたくなかった。いつの間にか大好きになっていたお芝居《しばい》を、汚《けが》すことなんてしたくなかった。

「無事に役目を終えたら、次回公演のメインキャストにお前を入れる」

悪魔《あくま》のささやきだった。

舞台の中心に立てる。二、三個のセリフじゃない。もっとたくさんのセリフが言える。もっとたくさん芝居ができる。

そんな欲望に突《つ》き動《うご》かされるように、俺はレニさんの言葉にうなずいていた。

そうして入団したMANKAIカンパニーには、俺のコンプレックスの塊《かたまり》といってもいいくらいの皇天馬がいて驚《おどろ》いた。

なんでも器用にこなす万《ばん》チャンにもひそかに内心嫉妬《しっと》して、自分より不器用な十座《じゅうざ》サンの存在にほっとして優越感《ゆうえつかん》を感じていた。

でも、同時に十座サンの誰《だれ》より強くまっすぐな芝居への気持ちに触《ふ》れて、罪悪感で押し潰《つぶ》されそうになった。

芝居がやりたいっていう気持ちは同じでも、役をもらうために卑怯《ひきょう》な真似《まね》をしてる俺と十座サンとじゃ雲泥《うんでい》の差《さ》だ。

一緒《いっしょ》に稽古《けいこ》していくうちに、秋組《あきぐみ》の芝居もチームメイトも、春組《はるぐみ》や夏組《なつぐみ》の団員たちのことも大好きになった。

同時にレニさんに言われるままに脅迫状《きょうはくじょう》を送ったり、衣装《いしょう》や小道具に細工することがつらくてしかたがなかった。

秋組のみんなの絆《きずな》が深まっていけばいくほど、みんなを遠くに感じた。

俺は、ここに入れない。入っちゃいけない。舞台を汚した俺にはもう、舞台に立つ資格はない。

——俺は、何をどうやっても一生償《つぐな》えない罪を犯《おか》したんだ。

第11章 決別

四人分の『ポートレイト』が披露《ひろう》され、最後にゆっくりと立ち上がったのは万里《ばんり》だった。

「――これで全員か。じゃあ、最後は俺な」

メンバーたちの前で、静かに語り始める万里を、いづみたちがじっと見つめる。

（万里くんの『ポートレイト』、前回とは全然違《ちが》う……）

その場にいる人間でただ一人、以前のものを知っているいづみは内心驚《おどろ》いていた。

目の前で披露されたのは、器用な万里が今まで何にも熱くなれなかった過去と、初めて十座《じゅうざ》に敗北したことで変化していったこと。十座の芝居《しばい》に対する姿勢に触発《しょくはつ》されて、自分もどんどん芝居にのめり込んでいったこと。

『――俺は生まれて初めて、マジになれるモンに出会えたんだ』

正面を見据《みす》える万里の目はどこまでも真剣《しんけん》で、今まで見たことがないくらい熱がこもっていた。

（万里くんの気持ちがまっすぐに伝わってくる。十座くんの『ポートレイト』に負けないくらい――）

感嘆《かんたん》するいづみの前で、万里はす、と十座を指差した。

『舞台《ぶたい》の上でも、絶対お前をぶちのめす』

万里の挑戦《ちょうせん》を十座が正面から受け止めて、睨《にら》み返す。二人の目には確かに同じ温度の熱が生まれていた。

「……以上。俺の『ポートレイト』終わり」

万里はそう軽く締《し》めくくると、ソファへ腰《こし》を下ろす。

「万里くん、すごくよくなったよ！」

いづみが夢中で拍手《はくしゅ》を送り、臣《おみ》もうなずく。

「うん。十座のもよかったけど、万里のも並ぶな」

「それに、太一《たいち》くんのも……」

いづみが太一に水を向けると、太一は気まずそうに視線を落とす。

そんな太一の肩《かた》を、ぽんと叩《たた》いたのは左京《さきょう》だった。

「お前の気持ちはよくわかった。つらかったな」

「わかってやれなくて、悪かった」

臣も労《いた》わるように太一に声をかける。

「てめぇのしたことは許されることじゃねぇ。でも、てめぇのことは許す」

「どっちだよ」

十座にすかさず万里が突《つ》っ込《こ》むと、臣が笑い交じりに補足した。

「罪を憎《にく》んで人を憎まず。太一のことは許すってことだろ」

太一を責めようとする者は誰一人《だれひとり》いなかった。

メンバーの温かさに触《ふ》れて、太一がこらえきれずに嗚咽《おえつ》を漏《も》らす。

「俺、やっぱり、みんなと芝居がしたいよぉ……っ」

顔を覆《おお》い、絞《しぼ》り出すような声でそう告げる。そんなことが許されるはずがないと、誰よりも太一が思っているからこその言葉だった。

GOD座《ゴッドざ》にいた頃《ころ》は、誰も太一を役者として認めてくれなかった。主宰《しゅさい》の神木坂《かみきざか》レニですら、太一に価値を見出《みいだ》したのは捨て駒《ごま》としてだけだ。

太一自身、こんなことで役をもらっても、先がないことはわかっていた。それでも、レニの誘《さそ》いを断れないほど追《お》い詰《つ》められていたのだろう。キャリアだけが長く、一向に芽が出ない状況《じょうきょう》は太一の精神を苛《さいな》んでいった。

そんな太一にとって、MANKAIカンパニーで仲間と切磋琢磨《せっさたくま》しながら本番を目指して稽古《けいこ》をする日々は、この上ない幸せだった。団結して迎《むか》えた公演本番はこれまで上がった舞台の中で一番充実感《じゅうじつかん》を覚えた。と同時に、罪悪感が太一の心を切《き》り裂《さ》いた。

自らの醜《みにく》さと無様さに打ちのめされるように、太一がしゃくり上げながら体を丸める。

「太一くん……」

太一の痛々しい様子を見て、いづみが顔をゆがめる。

たとえメンバーに許されても、太一の気持ちは済まないのだろう。それがわかるからこそ、いづみもなんと声をかけていいかわからなかった。

「お前は、どこの七尾《なな お》太一なんだよ」

「——え？」

万里に静かに問いかけられて、太一がぽかんとした表情を浮《う》かべる。

「GOD座の七尾太一なのか？　それが、今の本当のお前なのか？」

万里の言わんとしていることがわかったのか、太一が視線をさまよわせる。

「俺は——。でも、そんな今さら、むしのいいことなんて——」

「いいから、言ってみろ」

「お前が本当の居場所だって思う場所を言えばいい」

万里に続いて、十座がそう促《うなが》す。

「大丈夫《だいじょうぶ》だよ、太一くん」

優《やさ》しく背中を押《お》すようにいづみがそう告げると、太一が嗚咽と共に声を漏らした。

「俺は——っ」

そこで呼吸を整えるように一つ息をつく。

過去など関係ない、共に稽古を重ねてきた七尾太一を受け入れるというメンバーの想《おも》いに応える。

「ＭＡＮＫＡＩカンパニーの……秋組の七尾太一ッス！」

太一が涙《なみだ》をぬぐってそう言い切ると、万里はにやりと笑った。

「……上出来。お前は、俺たちが絶対守る。ＧＯＤ座とかいうゲス野郎《やろう》どもには渡《わた》さねぇ」

「ああ。舞台をぶっ壊《こわ》すような奴《やつ》らのところなんて、戻《もど》る必要ねぇ」

「演劇やる人間の風上にも置けねぇ」

十座が握《にぎ》り締《し》めた右手の拳《こぶし》を左手で叩き、左京も眼鏡のフレームを押し上げて、その奥《おく》の目を冷たく光らせる。

「太一はここにいていいんだ」

「みんな――」

臣が微笑《ほほえ》むと、太一は感極《かんきわ》まったように言葉を詰《つ》まらせた。

「お前ら、ＧＯＤ座が何してこようが、絶対明日の舞台成功させっぞ！」

「おう」

「おう！」

「当然だ」

「うん――っ」

万里が檄《げき》を飛ばすと、メンバーたちが順にそれに応える。

（きっと、今のみんななら何があってももう大丈夫。どんな妨害《ぼうがい》をされても、絶対に負けない。成功させてみせる……！）

いづみは団結を深めるメンバーたちの姿を見て、今までにない安心感を抱《いだ》いていた。


その夜、電気の消えた一〇四号室は不自然なまでに静まり返っていた。

普段《ふだん》ならいびきや寝息《ねいき》が聞こえてくるはずなのに、寝返りを打つ衣擦《きぬず》れの音ばかりが響《ひび》く。

「……おい、起きてんだろ」

ぎしっとベッドが軋《きし》む音と共に、万里が隣《となり》に声をかける。

「……なんだ」

たっぷりと間があった後、十座が答えた。

「明日で千秋楽《せんしゅうらく》とか……眠《ねむ》れねぇ」

「……寝ろよ」

面倒《めんどう》くさそうに十座が告げると、万里が鼻を鳴らす。

「お前だって寝てねぇじゃねぇか」

「てめぇに起こされた」

「ウソつけ。イビキがうるせーから寝てるかどうかすぐわかんだよ」

「てめぇの寝言《ねごと》の方がうるせぇ」

「寝言なんて言ってねぇ」

「昨日はアイドルの名前ひたすら連呼してた」

「ウソつけ!!」

思わず万里が声を荒《あら》らげると、十座が短くため息をついた。

「うるせぇ。他の奴らも起きるだろ」

万里がむっとした表情で黙《だま》り込むと、しばらく沈黙《ちんもく》が流れる。

また衣擦れの音だけが室内に何度か響いた後、今度は十座が口を開いた。

「……おい」

「……んだよ。寝んだろ」

「……さっきの、お前の『ポートレイト』、良かった」

うっとうしそうな万里に、十座がポツリと告げる。

「……当たり前だ」

万里はそう鼻を鳴らした後、でも、と先を続けた。

「まだ全然勝った気しねぇけどな。てめぇのせいで、初めて見つけちまった。こんなに歯ごたえのあるモンを……結局てめぇなんだな、俺をアツくさせせんのは。ぜってー負かしてやるから、首洗って待っとけよ」

言葉のわりにその口調は穏《おだ》やかで親しみがこもっている。万里が十座の返答を待っていると、間もなく寝息が聞こえてきた。

「寝てんのかよ!?」

万里の渾身《こんしん》の突っ込みは誰にも聞き届けられることなく、暗闇にむなしく消えた。

千秋楽はロビーを行きかう客の表情やテンションもいつもとはどこか違う。これで最後だという特別感や最後に何を見せてくれるのかという期待の高さが、客の様子に表れている。

「トイレ、トイレ……」

太一がそんなロビーを足早に横切り、トイレに向かおうとしていた時、後ろから声をかけられた。

「――太一」

レニの姿を認めて、太一の体がびくりと震える。

「よう」

レニの横にはGOD座の人気俳優である晴翔《はると》と丞《たすく》が並んでいた。

「約束通り観《み》に来たよ」

にこりと笑うレニから目をそらしながら、太一が小さく頭を下げる。

「……ありがとう、ございます」

「……わかっているな？　太一」

レニが太一に一歩近づき、耳打ちをする。太一は魔法《まほう》にでもかかったかのように、固まった。その表情が不自然に強張《こわば》る。

「千秋楽の成功祈《いの》ってるよ」

レニはゆったりとした仕草で太一から離《はな》れると、優雅《ゆうが》に微笑んだ。

「お、俺は……」

ぎゅっと拳を握り締め、何か言おうとするも、それ以上言葉にならない。

GOD座の頂点に立つレニは、太一にとってずっと怖《おそ》れと憧《あこが》れを抱かせる存在であり、今や罪の象徴《しょうちょう》でもあった。おもねることも、跳ねのけることもできず、太一はただ体を震《ふる》わせる。

そのまま口を閉ざして諦《あきら》めかけたとき、太一の両肩が叩かれた。

「太一」

「こいつか」

万里と十座が太一を支えるように両脇《りょうわき》に並ぶ。

「万《ばん》チャン、十座サン――」

太一の表情がぱっと明るくなった。

「……やあ、キミたちの監督《かんとく》から招待状をもらってね。千秋楽、がんばって。楽しみにしてるよ」

レニがふわりと笑って激励《げきれい》すると、十座が威嚇《いかく》するように睨みつけた。

「くせぇ芝居はやめろ。てめぇがこいつにやらせたことは、もう知ってる」

「……おや」

「……で、太一は今後も俺たちの仲間としてやってくことになったから。今までどうもお世話になりました、と」

万里が太一をかばうように一歩前に出ると、太一が一度深呼吸をしてレニを見据えた。

「――俺は、もう、戻りません」

きっぱりとそう言い切る太一を見てレニが眉《まゆ》をひそめる。

「二度とこいつに近づくな」

「せいぜい行儀《ぎょうぎ》よく座って見てろよ」

十座と万里が敵意をむき出しにしてそう告げると、レニは興ざめしたように小さく鼻を鳴らした。

「行くぞ、丞、晴翔」

二人を促して、踵《きびす》を返す。

レニの姿が見えなくなると、太一の表情が一気に泣きだしそうに崩《くず》れた。

「万チャン、十座サン、ありがとう……っ」

「まだ泣くなよ？　メイク崩れるぞ」

万里の言葉に、何度もうなずく。

「行くぞ。早くしねぇと、始まる」

十座に促されて、太一は自分たちを待つ舞台へと走りだした。


「……いいんですか？」

ロビーの人ごみに紛《まぎ》れながら、晴翔がちらちらと太一たちがいた方を振《ふ》り返《かえ》る。

「どうせ捨てゴマだ」

レニが冷たく言い捨てると、丞が顔をしかめた。

「……そういうことかよ。舞台のキャストを見て、七尾がいておかしいと思ってた。アンタが七尾を潜《もぐ》り込ませたんだな」

丞の問いかけに対し、レニは何も言おうとしない。

「どうなんだよ？」

「それがどーしたの？」

レニの代わりに答えたのは、晴翔だった。

「晴翔、お前……知ってたのか？」

「それが？」

驚きの表情を浮かべる丞に、晴翔がこともなげに首をかしげる。

丞は忌々《いまいま》しげに舌打ちをすると、首を横に振った。

「もうアンタのやり方にはついていけない。俺もGOD座を抜《ぬ》ける」

丞の言葉を聞いて、レニが眉を上げる。

「なんだと？　GOD座のトップとして育ててやった恩を忘れたのか」

「ありがたいとは思ってる。でも、舞台を壊すような人間と一緒《いっしょ》にはやっていけない」

そう言い切ると、丞はあっさりと踵を返す。

「丞！　待ちなさい！」

丞はレニの呼びかけに振り返ることなく、劇場の出入り口へと消えていった。

「GOD座のトップの座を自ら手放すなんて、バカな奴～」

バカにしたように笑う晴翔をよそに、レニは丞が消えた方向を見つめ、苦々しげな表情を浮かべていた。

「間もなく開演いたします。ご着席になってお待ちください」

丞が劇場を去って間もなく、客席やロビーにアナウンスが流れる。

客席の最後列で、いづみはじっと真っ赤な緞帳《どんちょう》を見つめていた。

(千秋楽……もう誰の邪魔《じゃま》も入らない。みんな、あとは思いっきりやるだけだよ)

緞帳の奥でスタンバイする秋組メンバーに向けて、いづみが心の中でそう声をかける。

間もなく、開演を告げるブザーが鳴った。

第12章 なんて素敵にピカレスク

重厚《じゅうこう》なレザーのソファにどっかりと座り込んだカポネの前に、ルチアーノとランスキーが並び立つ。

『話ってなんですか、ボス』

ルチアーノが問いかけると、カポネはゆっくりと体を起こし両手を組んだ。

『ルチアーノ、ランスキー、お前ら二人でコンビ組め』

『はあ!?』

『嫌《いや》です』

ルチアーノが驚《おどろ》いていると、ランスキーが即座《そくざ》に拒否《きょひ》する。

『そりゃ、俺の台詞《せりふ》だ！　なんで、俺がこのドケチランスキーとコンビなんて！　貧乏《びんぼう》がうつっちまう』

『こっちこそ、シモの病気をうつされそうだ。絶対に嫌です』

『俺の方が嫌だ！』

『うるせえ！　ガキじゃねえんだから、ごちゃごちゃ言ってねえで、さっさと仕事行け！』

延々と口喧嘩《くちげんか》を続けそうなルチアーノとランスキーをカポネが一喝《いっかつ》する。

客席のいづみは一連の芝居《しばい》を観《み》て、口元をほころばせた。

最初の頃《ころ》からは考えられないくらいに、万里《ばんり》と十座《じゅうざ》のかけ合いは嚙《か》み合っていた。ともすればヒートアップしすぎて暴走しそうな二人を、左京《さきょう》がうまくコントロールしている。

『最悪だ』

『こっち寄るな』

『寄りたくて寄ってんじゃねえよ！　あっち行け、貧乏神《びんぼうがみ》！』

小突《こづ》き合いながら、嫌々仕事へ向かうルチアーノとランスキー。

が、そのコンビネーションの悪さが災《わざわ》いし、大失態を犯《おか》してしまう。

『どうすんだよ、てめえのせいだぞ！』

『俺の責任じゃない』

『ふざけんな！　ブツが盗《ぬす》まれたなんてばれたら、俺たち殺されるぞ』

ルチアーノとランスキーは互《たが》いに責任を擦《なす》りつけ合いながらも、カポネに言い訳が通用しないことは嫌というほどわかっていた。仕方なく盗まれたブツを取り戻《もど》すため、二人で敵陣《てきじん》に乗り込んでいく。

目玉であるアクションシーンの見せ場だった。

『待て、ルチアーノ。ここは慎重《しんちょう》にだな……』

『おらおら！　大人しくブツを返しな！　死神様のお通りだぜ!!』

『人の話を聞けよ、まったく……』

慎重派のランスキーと大胆《だいたん》で積極的なルチアーノのコンビがうまく嚙み合い、並みいる敵をなぎ倒《たお》していく。

万里と十座の殺陣《たて》は稽古《けいこ》を始めた頃よりも上達し、元々の運動神経のよさと体格のよさが相まって見栄《みば》えがした。互いの動きをよく知っているからこそのコンビネーションも、ルチアーノとランスキーが互いを相棒と認め合う展開にリアリティを生んでいる。

『やべえ、逃《に》げ道《みち》が――』

『ちゃんと確保してある』

ルチアーノとランスキーが敵に囲まれて窮地《きゅうち》に陥《おちい》るシーン。十座が苦戦していたところだ。

『でかした、ランスキー！　しんがりは任せな。てめえのケツは守ってやるよ！』

『腕《うで》は確かなんだがな、その口の悪さどうにかしろ』

あざやかに殺陣をこなして、ルチアーノとランスキーが背中合わせに立つ。タイミングも完璧《かんぺき》だった。

ピンチを脱《だっ》した二人は少しずつ交流を深めていく。

そんなある日、ルチアーノはランスキーに病気の弟がいることを知る。

『兄ちゃんの友達？　僕《ぼく》、ベンジャミン。よろしくね！』

無邪気《むじゃき》に笑うベンジャミンの表情は、今までの公演と違《ちが》っていた。客席のいづみがはっとする。

『……ランスキーと血のつながりはねえな』

『100％父親も母親も同じだ。失礼なこと言ってんじゃねえ』

歯に衣着《きぬ》せぬルチアーノとランスキーのやり取りを、ベンジャミンがにこにこしながら見守る。

『僕、あんまり外に出られないから、また家に遊びに来てくれるとうれしいな』

そう微笑《ほほえ》むベンジャミンの表情は無邪気な中にも陰《かげ》があった。幼さと暗さが同居した深みのある太一《たいち》の芝居は、今まで見られなかったものだ。

『兄ちゃん、仕事で無理してない？』

ランスキーが席を外した隙《すき》に、ベンジャミンがルチアーノにそっと問いかける。

『どうだろうな。よく働いてるみてえだけど』

『兄ちゃんに聞いても全然教えてくれないんだ。僕の手術のために無理してるんじゃないかな』

『手術？』

『僕、今度大きな手術をするんだ。成功するかわからないけど、成功したら普通《ふつう》に生活ができるようになるって』

『よかったじゃねえか』

『でも、すごくお金がかかるらしいんだ。兄ちゃんにその話すると、怒《おこ》られるんだけど……』

『金か……心配すんな。ランスキーはがっぽり貯《た》め込んでるからよ。お前は手術がんばることだけ考えろ』

『うん、そっか。そうだよね！』

健気《けなげ》に微笑むベンジャミンはいかにも儚《はかな》げで、観客の同情を誘《さそ》う。主役のルチアーノを食うほどに、観客の視線がベンジャミンに集中していた。

太一の芝居に引きずられるようにして、万里の演技も変化する。ルチアーノがベンジャミンを見る目が優《やさ》しく、ベンジャミンとランスキーにほだされていく心情が観客にまざまざと伝わってきた。

ルチアーノの心境の変化と相まって、ランスキーもルチアーノが愛人たちから情報を集める手管を見て、ルチアーノに対する見方を変えていく。

二人が互いを認め合い始めた時、ルチアーノは一人カポネに呼び出された。

『ランスキーとはうまくやってるみたいだな』

『おかげさまで。ボスの目論見《もくろみ》通りですよ』

ルチアーノが肩《かた》をすくめてみせると、カポネはゆっくりと葉巻をくゆらせた。

『そりゃ結構だが、あんまり信用しすぎるなよ』

『どういう意味ですか？』

『そのままの意味だ』

白煙《はくえん》と共に、不穏《ふおん》な空気がその場に漂《ただよ》う。

『お前は単純だからな。上《うわ》っ面《つら》だけ見てわかった気になるなよ』

左京《さきょう》のアドリブに、万里演じるルチアーノがぴくりと反応する。

まるで、芝居を簡単にわかった気でいた以前の万里に向けたような言葉だった。そして、それは同時にこの後発覚するランスキーの裏切りを暗示している。

『なんすか……ったく。わあってますよ』

一瞬動揺《いっしゅんどうよう》したのを誤魔化《ごまか》すように、ランスキーが返事をする。

垣間見《かいまみ》えた万里の素の表情が、いい具合にルチアーノに人間味を与《あた》えていた。

一方、ランスキーは路地裏で検事のデューイと密談をしていた。

『協力感謝するよ、ランスキー。しかし、くれぐれもマフィアと警察、両方を手玉に取ろうとは考えないことだ』

デューイが見下すようなまなざしで、ランスキーを見つめる。

デューイはランスキーを脅《おど》してマフィアの情報を流させていた。

『わかってます。俺はあくまでも小間使いでしかない』

釘《くぎ》を刺《さ》されたランスキーが無表情に答える。

『わかってるならいいがね』

その場を立ち去ろうとしたランスキーに、デューイが思い出したかのように声をかけた。

『確か病気の弟さんがいるんだったな。手術はもうすぐだったか？』

含《ふく》みを持たせた言い方に、ランスキーが殺気立つ。

『弟は関係ない』

『手術が成功するといいな。それもお前次第《しだい》だろうが』

デューイは揶揄《やゆ》するように告げると、ランスキーの肩を叩《たた》いて去っていく。その背中をランスキーがじっと睨《にら》みつけていた。

『――くそ』

握《にぎ》り締《し》めた拳《こぶし》は振《ふ》るわれることなく下ろされる。弟を人質《ひとじち》に取られては、ランスキーになすすべはなかった。

いかにも人の好《よ》さそうな穏《おだ》やかな臣《おみ》の悪役は、そのギャップがいい効果を生んでいた。時折のぞく凄味《すごみ》が、役に説得力を与えている。

万里と十座を始め、全員いつもよりも調子が上がっていた。終盤《しゅうばん》に向けて、芝居は緊《きん》張感《ちょうかん》をもって加速していく。

ルチアーノはランスキーの裏切りを知るが、ベンジャミンのことを思って目をつぶることにする。そんな折、ルチアーノに二重スパイの嫌疑《けんぎ》がかけられた。

『ルチアーノ、お前が裏切っていたとはな。思ってもみなかった』

『誤解だ、ボス！　俺は裏切ってなんか――』

『ランスキーが証拠《しょうこ》を揃《そろ》えてる。言《い》い逃《のが》れはできない』

『な――ランスキーが⁉』

『俺の言ったこと、覚えてるか、ルチアーノ？「上っ面だけ見てわかった気になるな」』

カポネの言葉を聞いて、ルチアーノが息を呑《の》む。

ランスキーの裏切りと、ルチアーノの無実を知りながらも、それを助けようとはしないカポネの非情さが際立《きわだ》つ。

『てめえ、弟のためなら何してもいいと思ってんのか！　この腐《くさ》れ外道《げどう》！』

冤罪《えんざい》によって制裁を受けたルチアーノがランスキーに噛みつく。

『金のためならなんでもする外道だって、元からわかってただろ』

『ぶっ殺す!!』

飛びかかろうとしても、牢《ろう》に入れられたルチアーノはランスキーに指一本触《ふ》れることすらできない。

『俺は、お前のこと、ちょっとは良い奴《やつ》だと思ってたのに』

ルチアーノが憎《にく》しみの中に悲哀《ひあい》をにじませるが、ランスキーはどこまでも淡々《たんたん》とルチアーノを見下ろす。

『見込み違いだ。俺はお前が思ってるような男じゃない』

『くそ、殴《なぐ》らせろ！』

『そこから出られたらな』

『ぜってー殺す!!』

歯をむき出しにして怒《いか》りを露《あら》わにするルチアーノに背を向けたランスキーが、一瞬立ち止まる。わずかに視線を落とすと、再び前を見据《みす》えて歩きだした。

裏切られたルチアーノの怒りと悲しみ、真実を話せないランスキーの抑《おさ》えた感情が対照的に表現されている。二人の感情がこれまでの公演以上にストレートに観客に伝わっていた。

『ボス！　ルチアーノが逃げました！』

手下から報告を受けたカポネが、驚くことなく葉巻をくゆらせる。

『ランスキーは？』

『え？　そういや、ランスキーとも連絡が――』

『まあ、そうだろうな。しょうがねえか。あいつらを結びつけたのは俺だしな』

カポネが苦笑《くしょう》交じりにつぶやく。

『……助言は役に立ったみたいだな』

冷酷無慈悲《れいこくむじひ》なカポネに初めて情がにじむ。

すべてを見通した上での左京のアドリブだった。ここで退場するカポネを観客に強烈《きょうれつ》に印象づける芝居だ。

左京は、他のメンバーを食うという言葉を有言実行していた。

ラストシーンを迎える万里と十座は左京の挑発《ちょうはつ》ともいえる芝居を受けて、闘争心《とうそうしん》を燃やしていた。このシーンで左京の印象をかき消せなければ、二人の負けだ。

『信じられん。やってられるか！　お前とは金輪際口をきかない』

ルチアーノが悪態をつきながらランスキーとともに駆《か》け込んでくる。

『殴ってもいい』

『言われずとも殴るわ！』

左京だけでなく、太一もこの公演では際立つ演技をしていた影響《えいきょう》か、万里も十座もいつも以上にテンションが高い。

『迷惑料《めいわくりょう》も払う』

『はあ？　金で解決しようなんざ――』

ルチアーノがそこでぴたりと言葉を止め、ぽかんとした表情を浮《う》かべる。

『金？　金を出すって言ったのか？　あのドケチで1ドル出すのに一時間考える守銭奴《しゅせんど》ラ

ンスキーが？』

『それくらいのことをしたと思っている』

『正気か？』

『ああ』

『信じられん。あのランスキーが金を出すのか』

途端《とたん》、ルチアーノの唖然《あぜん》とした表情が一気に崩《くず》れた。

『くっ、あはははは！　ランスキーが金！　あはははは！　腹が痛《いて》え！　笑い死にしちまう！』

腹を抱《かか》えて笑い転げるルチアーノを見て、ランスキーがむっとする。

『何がおかしい』

『あはははは！　歯食いしばれ！』

『は……？』

ランスキーが聞き返した瞬間《しゅんかん》、ルチアーノがランスキーの腹に拳をめり込ませた。

『──ぐはっ』

鈍《にぶ》い音と共にランスキーが勢いよく後ろに吹《ふ》っ飛《と》ぶ。

『しかたねえ、これで許してやる』

清々《すがすが》しく笑うルチアーノは拳が痛むとばかりに、手をひらひらと振った。

まるで本当に殴ったかのようなリアルな芝居だった。

『――ほら、手かせ』

ルチアーノがランスキーに手を貸して、立ち上がらせる。

万里のアドリブが、二人のさっぱりとした和解を表現していた。

『これからどうする?』

『俺は弟を食わせていかなきゃならない』

晴れ晴れとした表情でたずねるルチアーノに、ランスキーが答える。

『俺もおかげさまで無職だ。商売でもするか? 二人で。用心棒とか』

『それか、スパイとかな』

『懲《こ》りねえな。まあ、なんでもいいや。なんでも屋でいいじゃねえか』

『おおざっぱすぎる。でもまあ、いいか』

軽口をたたきながら二人の影《かげ》が遠ざかっていき、さわやかな幕引きを迎える。

途端、劇場内に割れんばかりの拍手《はくしゅ》が湧《わ》き起《お》こった。

その大きさに圧倒《あっとう》されて、いづみが息を呑む。間違いなく千秋楽が今までで一番の出来だということを、観客の拍手と歓声《かんせい》が証明していた。

舞台《ぶたい》の袖《そで》で拍手を聞いていた万里と十座が無言で顔を見合わせる。

直後、パンと乾《かわ》いた音をたてて、互いの手を頭上で叩き合わせた。

言葉はなくとも、そのとき二人の胸に去来した思いは同じだっただろう。互いを認め合い、競《きそ》い合い、高め合える関係だからこそ、最高のバディだったと称《たた》え合う。

「……勝ったな」

「……俺がな」

ぼそりとつぶやいた万里に、すかさず十座が重ねる。

「俺だろ⁉」

「俺だ」

「あぁ⁉」

「あぁん？」

互いに譲《ゆず》らず、メンチを切り合い始める二人の頭を勢いよく左京がはたいた。

「んなとこでケンカすんな！」

「──っつ」

「痛──」

容赦《ようしゃ》ない力ではたかれ、十座と万里が頭を抱える。

「ほら、カーテンコールだ」

「行こう、万《ばん》チャン、十座サン！」

臣と太一が拍手の渦《うず》の中心へと二人を誘《いざな》う。

「――行くぞ、てめぇら！」

「おう」

万里に続いて、十座たちが再びライトの灯《とも》った舞台へと駆け出した。

「あざっした！」

「あざっした！」

万里と十座が深々と頭を下げる。

「ありがとうございました」

「ありがとうッスー！」

「ありがとうございました」

臣と太一も笑顔《えがお》で続き、左京もゆっくりと頭を下げた。

すべての力を出しつくし、最高の状態で走り抜けた秋組メンバーを、観客の惜《お》しみない拍手がいつまでもいつまでも包《つつ》み込んでいた。

終章

連鎖する邂逅

千秋楽《せんしゅうらく》を終えたばかりでまだ興奮《こうふん》冷めやらない雰囲気《ふんいき》の秋組《あきぐみ》の楽屋に、夏組《なつぐみ》のメンバーが顔をのぞかせた。

「お疲《つか》れさまー！」

「おつぽよ！」

「お疲れ」

椋《むく》と一成《かずなり》、幸《ゆき》が労《ねぎら》いの言葉をかけると、いづみが笑顔《えがお》で出迎《でむか》える。

「あ、みんな、来てくれたんだ」

「千秋楽、よかった」

「楽しかった～！」

「それな！　アクションとかまじかっけー！」

素直《すなお》にほめる天馬《てんま》と三角《みすみ》に、一成が同意する。

「そりゃどーも」

「あざっす」

万里《ばんり》に続いて十座《じゅうざ》が礼を言うと、椋がぱっと顔を輝《かがや》かせた。

「十《じゅう》ちゃん！　すごくかっこよかったよ……！」

「十ちゃん……？」

聞き慣れないあだ名に、いづみが反応する。

「いつの間にか仲良し～？」

三角も首をかしげると、十座が額に手を当てた。

「椋……」

「ご、ごめん、十ちゃん、秘密だったのに――！　ボクの頭がスカスカの高野豆腐《こうやどうふ》でレンコンだから――」

「味がよくしみ込みそうだな」

椋の独特な自虐《じぎゃく》発言に、臣《おみ》がにこにこしながら相槌《あいづち》を打つ。

「俺は――椋の従兄弟《いとこ》だ」

その場にいた全員の興味津々《きょうみしんしん》といった視線を受け、十座は意を決したかのように、そう告げた。

「そーなん？　なんで秘密にしてたんだよ？」

「俺なんかと身内だってわかったら、こいつの評判を下げると思って言わなかった」

万里がたずねると、十座が苦々しげに答える。

「思考回路が似てる。さすが身内」

あくまでも自分を卑下《ひげ》する十座を、幸が揶揄《やゆ》する。

「十ちゃんは自慢《じまん》のいとこだよ！　舞台《ぶたい》の十ちゃん、すごくかっこよかった」

椋がそう励《はげ》ますと、一成がニコッと笑いながら椋を見た。

「すっかり十ちゃん呼びだね～」

「あっ」

椋が青ざめると、十座が首を横に振《ふ》る。

「好きに呼べばいい」

「本当？　よかった！」

椋がうれしそうに微笑《ほほえ》んだ時、どこからかスマホのバイブ音が響《ひび》いた。

「あれ？　誰《だれ》かの鳴ってるよ？」

いづみが辺りを見回すと、万里がハンガーにかかっている十座の私服を指差す。

「兵頭《ひょうどう》のじゃね」

「ああ……」

十座はスマホを確認《かくにん》すると、椋に視線を向けた。

「椋、九門《くもん》からだ」

「え、九《きゅう》ちゃん!?」

「ロビーで待ってるらしい。久しぶりにお前も会うか？」

「え、いいの？」

椋が戸惑《とまど》いがちにたずねると、十座はあっさりうなずく。

「この劇団にお前がいることも知ってるしな」

「九門って誰ッスか？」

二人のやり取りを聞いていた太一《たいち》が首をかしげる。

「俺の弟だ」

「弟もケンカつえぇの？」

「ケンカしちゃダメだからね!?」

万里の言葉を聞いたいづみが、慌《あわ》てて釘《くぎ》を刺《さ》す。

「……摂津《せっつ》には見せない」

十座は考え込むようにたっぷり間を空けた後、つぶやいた。

「それが賢明《けんめい》だな」

「んでだよ!?」

左京《さきょう》が十座に同意し、万里は心外だとばかりに突っ込む。

「椋、行くぞ」

「う、うん」

「ちっ。つまんねぇな」

十座が椋を促《うなが》して楽屋を出ていくと、万里が不満そうに舌打ちをした。

それから十座たちと入れ替わりで入ってきたのは、春組《はるぐみ》のシトロンと至《いたる》だった。

「おつかれさまダヨ～」

「おつ～」

「あー、どうもっす」

万里が軽く頭を下げる。

「千秋楽、よかったネ！　脇肉《わきにく》血まみれ舞台だったヨ！」

「脇肉血まみれ……？　どこのシーンかな」

シトロンの言葉を聞いて臣が首をひねると、至が補足を加える。

「血わき肉おどる舞台」

「それダヨ！」

「全然違《ちが》うだろ！」

思わず突っ込んだ万里に、至がさっと何かを差し出した。

「はい、万里差し入れ」

「なんっすか、それ……スマホ？」

至が手渡《てわた》したのは、いつ持ち出したのか、万里のスマホだった。

「今から潜《もぐ》りに行くから、さくっと一戦付き合え」

「公演終わって即《そく》とか！」

突《つ》っ込《こ》みながらも、万里がスマホを受け取ってゲームを起動し始める。

（根っからのゲーマーすぎる……！）

いづみが呆《あき》れ交じりに二人を見つめた時、楽屋のドアが勢いよく開いた。

「アニキー！　感動しやした!!」

左京に駆《か》け寄《よ》ってきたのは目を潤《うる》ませた迫田《さこだ》だった。

「うるせぇ」

「うっうっ、千秋楽最高だったっす！　おればうがんどうしぢゃっででっううっ……！」

うっとうしそうな左京の反応をものともせず、迫田が涙《なみだ》と鼻水を垂れ流す。

「きたねぇ」

左京は顔をしかめながらも、近くにあったティッシュ箱を迫田に押しつけた。

「迫田さんも、今回の公演では大活躍《だいかつやく》でしたね」

「小道具、助かりました」

「うっうっおでなんで、ぞんなだいじだご――っ」

いづみと臣が微笑《ほほえ》むと、迫田は左京に手渡されたティッシュで鼻をかみながらさらに嗚咽《おえつ》を漏らす。

「泣くか話すかどっちかにしろ」

「ザコ田はたしかに今回結構役に立ったね」

呆れる左京の横で、幸も珍《めずら》しく迫田をほめた。

そんな幸におずおずと太一が近づく。

「──あ、あの幸チャン。俺、謝《あやま》らないといけないことがあって──」

「何？」

「衣装《いしょう》を切《き》り裂《さ》いたの、俺なんだ。本当にごめん!!」

太一が勢いよく頭を下げるが、幸の目つきが一気に険しくなる。

「……ああ？」

声もまとう温度も低くなり、見るからに怒《おこ》っていることがわかる。

「太一にも事情があったんだ。俺たちの舞台を台無しにするように命令されてて──」

「いいんだ。言い訳でしかないし……」

臣がかばおうとするも、太一が止める。

「償《つぐな》いなら、なんでもする。本当にごめんなさい」

太一が決意を込めた表情で幸に向き合うと、幸はぐっと拳《こぶし》を握《にぎ》り締《し》めた。

「……一発殴《なぐ》らせろ」

「う、うん──」

身構えてぎゅっと目をつぶった直後、太一の頭が何かで軽く小突《こづ》かれた。

「……？」

不思議そうに、太一が目を開ける。

「えっ？　これ、ソーイングセット……？」

幸が手にしていた小箱を見て、太一はぽかんと口を開けた。衣装を修理していた時に幸が使っていたものだった。

「貸してやるから、まつり縫《ぬ》いの練習死ぬほどしとけ。冬の衣装制作で、めちゃくちゃこきつかってやる」

幸がそう告げると、太一が言葉を詰《つ》まらせる。

「……ワ、ワンッ！」

「わかったの？　馬鹿犬《ばかいぬ》」

思わずといった調子で太一が返事をすると、幸がにやりと笑った。

「よし」

幸の表情は屈託《くったく》のない、さっぱりとしたものだった。

「忠犬だな」

呆れたようにつぶやく天馬に、太一が勢いよく顔を向ける。

「天チャン！」

「――なんだよ」

気圧《けお》されたように天馬がわずかにのけぞる。

「俺、いつか、絶対役者として天チャンを超《こ》えるから……！」

太一が力強くそう宣言すると、天馬は一瞬《いっしゅん》きょとんとした顔をした後、軽く鼻で笑った。

「……やれるもんならやってみろ」

決してバカにすることもなく、侮《あなど》ることもなく、太一を正当な挑戦者《ちょうせんしゃ》として認めた上での言葉だった。

（太一くん、吹っ切れた顔してるな……きっとこれからは迷いなく芝居《しばい》に打ち込んでいけるはず）

いづみは胸の内を出し切った太一のすっきりとした表情を見て、口元をほころばせた。


公演を終えたばかりのＭＡＮＫＡＩ劇場から、興奮ぎみの客が続々と出てくる。誰もが口々に、今しがた受けた感動や衝撃《しょうげき》を伝え合っていた。

「ＭＡＮＫＡＩカンパニー、よかったねー！」

「最高だった！　アクション熱い！」

「主演の二人ってリアルでも仲良さそう。すごい息合ってたよね！」

ビロードウェイを歩きだす人々の中で、一人入り口で立ち止まっている男がいた。

以前、万里と十座が不良に絡《から》まれた時、とっさの機転で助《たす》け舟《ぶね》を出した男だ。

中性的な雰囲気のその男は、劇場の壁《かべ》に貼《は》られたチラシをじっと見つめていた。

「……団員募集中《ぼしゅうちゅう》、か」

公演のフライヤーに重ねられた文字を小さく読み上げる声は、辺りの喧噪《けんそう》にいとも簡単にかき消された。


静まり返ったＭＡＮＫＡＩ劇場の舞台の上をいづみがゆっくりと歩く。

（このセットとも明日でお別れか。毎回思うけど、もったいないな……名残惜《なごりお》しい）

感慨深《かんがいぶか》げな表情で、ぐるりとオールドアメリカン風のセットを見回す。

「……そろそろ打ち上げ始まるぞ」

「――左京さん」

振り返ると、左京が舞台袖《そで》に立っていた。

「何ぼーっとしてんだ」

呆れたような表情で、ゆっくりといづみに近づいてくる。

「……なんか、春組の時のことを思い出しますね」

総監督《そうかんとく》として初めて千秋楽を終えた時も、いづみは同じように舞台セットを眺《なが》めていた。

「ああ、あの時も一つ終わっただけなのに、やり切った顔してたな」

思い出したように、左京がうなずく。

「あの時、ただの無理難題突きつけてくる借金取りだった左京さんが、今こうして仲間として劇団にいることが不思議です」

「自分で誘《さそ》ったくせに、何言ってんだ」

「そうなんですけど……」

ほんの数カ月前には想像もしていなかった状況《じょうきょう》だけに、まだ違和感《いわかん》が残るといった様子で、いづみが首をかしげる。

「……止まってた俺の時間を無理やり進めたのはお前だ。その責任はしっかりとってもらうからな」

左京がそう凄《すご》んでみせると、いづみは臆《おく》することなくまっすぐに左京を見返した。

「もちろんです。後悔《こうかい》はさせません」

「……ナマイキだ」

左京はまったく動じない様子にむっとしたように、ぐしゃぐしゃといづみの頭をかき混ぜた。

「髪《かみ》！　ぐしゃぐしゃにするのやめてください！」

「昔はこれで喜んだが」

「昔っていつの話ですか。まぁ、左京さんの中では私はちびっこのままなんでしょうけど」

いづみが口を尖《とが》らせながら、自らの髪を撫《な》でつける。そんないづみを見つめる左京の目が細められた。

「そんなチビが、俺の初恋《はつこい》だったと言ったら……笑うか？」

「えっ!?」

左京の言葉を聞いて、いづみが目を丸くする。

「で、でも、あの時の私の年齢《ねんれい》ってまだ……」

うろたえ切って、視線をさまよわせるいづみの頭に左京の手が伸《の》びる。そのまま勢いよく、さっき整えたばかりの髪をぐしゃぐしゃとかき混ぜた。

「わ……っ！　また髪!!」

「……いちいち芝居を本気にするな。この三流演出家」

きつい言葉のわりに、その口調はどこまでも優《やさ》しい。

「な……っ。さっきのは主演男優賞ものでしたよ」

「そりゃ光栄だな」

いづみが真っ赤になって反論すると、左京は口の端《はし》でにやりと笑った。

「さて、次は冬組《ふゆぐみ》だ。秋の公演は結構金になった」

気を取り直すように、左京が口調を変える。もうすっかり劇団の厳しい経理兼《けん》経営戦略長の顔つきだった。

「冬もこの調子でうまく回して、年明けから再演の地方巡業《じゅんぎょう》も成功すれば、借金完済も夢じゃないかもな」

「本当ですか……!?」

「ただし、冬組の芝居を大幅《おおはば》にコストカットできればの話だ」

ぱっと顔を輝かせたいづみに、左京が釘を刺す。

「え……」

嫌《いや》な言葉を聞いたとばかりに、いづみが顔をしかめる。

「このセットだっていくらかかったと思ってる。もっと切り詰めるところは切り詰めて削《さく》減《げん》しなけりゃ、完済なんてまだまだだぞ。まずは、経費削減としてうんぬんかんぬん……あとは、無駄《むだ》を省くためにどうたらこうたら……」

（また始まった……）

延々と続く左京の経営談義を、いづみがややうんざりした顔で聞き流す。

「うぅ……」

ようやく話にキリがついた頃《ころ》、いづみは耳が痛いとばかりにうめき声を上げた。

「わかったか」

「……はい」

総監督としてやらなければならない宿題を大量に手渡され、うなだれる。

（頭が痛い……）

「まぁ、今まで以上に総監督業に励むことだ」

いづみががっくりとしていると、左京が励ますようにそう告げた。

「はーい……」

「良い子だ」

左京がいづみの頭を撫でる。その手つきはさっきと打って変わって柔《やわ》らかく、そのまなざしも優しい。

「また子ども扱《あつか》いですか？」

「つい、な」

いづみが不貞腐《ふてくさ》れると、左京がふ、と笑みを漏らす。

「……でもあの頃は、早く育っちまえって思ってた」

「……え？」

左京の漏らした微《かす》かなつぶやきをいづみが聞き返すが、左京はもう二度と繰《く》り返《かえ》すことはなかった。

（えっと……今のも芝居、だよね？）

いづみは戸惑いながら、熱くなる頬《ほお》を隠《かく》すようにうつむいた。


ビロードウェイを足早に歩くレニに、晴翔《はると》が小走りについていく。

「丞《たすく》の奴《やつ》、バカですよねぇ～。GOD座《ゴッドざ》のトップになれたのもレニさんのおかげなのに」

媚《こ》びるように話しかける晴翔に、レニは目もくれず無表情のまま答える。

「晴翔、丞が抜けた今、お前が次のトップだ」

「光栄です」

晴翔が口元に弧《こ》を描《えが》くと、レニはじっと暗闇《くらやみ》を見つめた。

「――GOD座は、MANKAIカンパニーにタイマンACTを申し込む。あの劇団を、公衆の面前で完膚《かんぷ》なきまでに叩《たた》きのめしてやる」

そう告げるレニの視線は、MANKAI劇場の方に向けられていた。

「すべてはお前にかかっている。期待してるぞ、晴翔」

「必ずご期待に応えてみせます」

レニがちらりと晴翔を見ると、晴翔は仰々《ぎょうぎょう》しいまでに優雅《ゆうが》にお辞儀《じぎ》をした。

同じ頃、天鵞絨《ビロード》駅には丞の姿があった。

不機嫌《ふきげん》そうな表情で掲示板《けいじばん》を眺めていた丞に、同じくらいの年頃《としごろ》の男が声をかける。

「……丞？」

「お前――」

男を振り返った丞の目が驚《おどろ》きに見開かれた。

「……久しぶりだね」

男が気まずそうにぎこちない笑顔を浮《う》かべると、丞の目つきが鋭《するど》くなる。

「……どうしてこの町に戻《もど》ってきた」

詰問《きつもん》するような口調の丞に、男は悲しげにまつげを震《ふる》わせ、視線を落とした。

あとがき

こんにちは。『Ａ３！』メインシナリオ担当のトムです。

本作は、スマホアプリのイケメン役者育成ゲーム『Ａ３！』のメインシナリオに地の文を加筆した公式ノベライズ本、第三巻です。

春組《はるぐみ》、夏組《なつぐみ》に続いて秋組《あきぐみ》の物語となります。

秋組はアクションシーンの多い公演内容含め、色々動きまわるシーンが多いので、その辺りを小説では描写で補完できるように心がけました。

また今回は他の組にはない、メンバー個人の過去にスポットを当てた『ポートレイト』が出てきます。これによって、それぞれの抱えてきたものがより伝わるお話なのではないかなと思います。

他の組に比べると荒っぽい感じの秋組ですが、内面にナイーブな所を抱《かか》えていて、そのギャップの激しさの分、傷つきやすい印象を受けます。弱い部分を硬い鎧《よろい》と刃《やいば》で守っているような。

そんな彼らが秋組として演劇と仲間に出会い、自分の弱さや過去をさらけ出して認め、前を向いて歩き始めるというのが秋組の物語です。話の展開も少し変わって、不穏《ふおん》な雰囲気《ふんいき》が色濃《いろこ》く出てくるところも、春、夏と季節が進んでいってるような感じがします。

次はいよいよ最後の組、冬組《ふゆぐみ》です。

ゲーム本編に続き、再び新生MANKAIカンパニーの結成の物語を描けるのが楽しみです。

団員たちが今より少し先の未来を歩んでいるアプリ共々、どうぞよろしくお願いいたします。

二〇一九年三月　トム

番外編

秋の体力測定

あたたかな陽の光が差《さ》し込《こ》む談話室には、強力な睡魔《すいま》が闊歩《かっぽ》していた。

ソファにだらしなく座《すわ》ってスマホを眺《なが》めていた万里《ばんり》の目は今にも閉じかかっていて、その向かいで読書をしていた十座《じゅうざ》の手からは、戯曲《ぎきょく》の本が落ちそうになっている。

さっきまで会話をしていたいづみと太一《たいち》と臣《おみ》も自然と黙《だま》り込《こ》んでぼうっとしていた時、左京《さきょう》がカツを入れるように声を上げた。

「ここらでカンフル剤《ざい》が必要だな」

秋組《あきぐみ》の旗揚《はたあ》げ公演が見事大成功に終わって、メンバーはわかりやすく気が抜《ぬ》けていた。稽古《けいこ》に身が入らないというわけではないが、明らかに芝居《しばい》に対するがっつき感が薄《うす》れている。

左京はそれを危惧《きぐ》するように、睨《にら》みを利《き》かせた。

「今度の週末、体力測定をする」

「体力測定？」

驚《おどろ》いたように聞き返すいづみの声で、万里と十座の目がようやく開く。

「秋組の売りはアクションだ。幸いメンバー全員基礎《きそ》体力はそれなりに備わってる。多少の個人差はあるが」

「ああ、年齢《ねんれい》の関係とかな」

最後につけ加えられた言葉を聞いて、万里がしたり顔でうなずくと、左京の目がすっと細められた。

「……七尾《なお》のことだ」

「え!? 俺っちッスか!? 俺っち、標準ッス！」

突然《とつぜん》水を向けられた太一が素《す》っ頓狂《とんきょう》な声を上げる。

「そうだな。他の奴《やつ》が著《いちじる》しく体力バカなだけで一般的《いっぱんてき》には許容範囲《きょようはんい》だろう。とはいえ、だ。今後アクションシーンをさらに磨《みが》いていく上で、体力維持《いじ》と向上は欠かせなくなってくる」

「それで、体力測定っすか」

十座が納得《なっとく》したように言葉を返す。

「なんだか懐《なつ》かしいな。高校の時以来だ」

「ま、なんでもいいっすけど」

臣が微笑《ほほえ》むと、万里は面倒《めんどう》くさそうにあくびをした。

そうして半ば強引《ごういん》に決定した秋組体力測定は、近所の体育館を貸し切って本格的に行われることになった。

「こんな器具どっから用意したんすか」

広い体育館の一角に備えられたジムのようなマシン一式を見て、万里がわずかにのけぞる。

「うちの舎弟《しやてい》の筋トレマニアから借りてきやした！」

威勢《いせい》よく答えたのは左京の舎弟である迫田《さこだ》だ。

「左京さんもやるんすか」

「俺は今さらだろう。若い奴らに任せる」

十座の問いかけに対して、左京が鼻を鳴らす。

「何オッサンぶってんすか」

「そうッスよ！　同じ秋組メンバーなんスから！」

万里が一人だけ逃《に》がすかとばかりに食いつくと、太一もそれに続く。

「あくまでも個人の体力維持、向上が目的なら、他のメンバーと比べる必要もないですしね！」

いづみも悪気なく後押《あとお》しすると、左京は小さく舌打ちをしたが、それ以上拒否《きよひ》しようとはしなかった。

まず最初に行われたのは握力測定《あくりょく》だ。

「スゲー！　万《ばん》チャン握力六十五キロ！」

「ま、こんなもんか」

万里の握《にぎ》り締《し》めた測定器に表示された数字を見て、太一が歓声《かんせい》を上げる。

最初はだるそうだった万里も、やるとなればそれなりの結果を叩《たた》きだす。

「十座くん、六十七キロだね」

隣《となり》でいづみが十座の測定器の数値を読み上げると、万里がぴくりと眉《まゆ》を上げた。

「張り合ってんじゃねーよ。血管切れんぞ」

「誰《だれ》がだ」

万里の悔《くや》し紛《まぎ》れの煽《あお》りを受けて十座がふん、と鼻息を漏《も》らしたとき、左京の声が響《ひび》いた。

「伏見《ふしみ》、七十七キロ」

「こんなものかな」

穏《おだ》やかな笑みを浮《う》かべる臣の半袖《はんそで》から、筋肉質な二《に》の腕《うで》がのぞく。

「臣クン、七十越《ご》え!?」

「マジかよ」

太一が驚いたように声を上げると、万里も絶句する。

「もう一回測らせてくれ」

「俺も」

すかさず十座が測定器を握り締めると、万里も続けて測定器に手を伸《の》ばした。

「そんな、勝負じゃないんだしムキにならなくても――」

十座と万里に向けられたいづみの言葉を左京が遮《さえぎ》る。

「ほっとけ。バカは多少焚《た》きつけた方がやる気になる」

「そうですか……？」

いづみはわずかに考えた後、納得したように測定を繰《く》り返《かえ》す二人を見守った。

結局、何度やっても臣の記録は破られることなく、諦《あきら》めようとしない万里と十座を左京が一喝《いっかつ》することで次の百メートル走へと種目が移った。

最初の組として、十座と万里がスタートラインにつくと、スターターを務める迫田がスターターピストルを頭上に掲《かか》げる。

「なんか任侠《にんきょう》映画のワンシーンみたいだな」

「このまま鉄砲玉《てっぽうだま》として突っ込みそうッス！」

ゴールでストップウォッチを構えた臣と太一が、複雑そうな表情で迫田を見つめる。迫田は二人の声が聞こえたのか、なぜか照れたように頭を掻《か》いた。

「それ、本物じゃないですよね？」

思わずといった様子でいづみがたずねると、迫田がにかっと歯を見せて笑う。

「まさか！　うちはチャカ厳禁なんで！」

「なんでこんなものまで用意できるんですか？」

「ま、ハッタリ用のおもちゃみたいなもんっすかね！」

「な、なるほど……」

深くは聞くまいと、いづみはそのまま沈黙《ちんもく》した。

「位置について、よーい……」

乾《かわ》いた銃声《じゆうせい》と同時に十座と万里がスタートを切った。

前半ほぼ互角《ごかく》で競《せ》り合《あ》っていたが、後半万里が伸びてそのまま逃げ切る。

「っし」

ゴールラインを駆《か》け抜《ぬ》けた万里がガッツポーズをとると、そのわずか後方で十座が悔しげに顔をしかめる。

その後は入《い》れ替《か》わりで太一と臣と左京がスタートラインについた。

筋肉質で体格のいい臣は足も速く、すばしっこい太一といい勝負だった。が、後半臣が伸び、最終的には臣に続き太一、左京の順でゴールする。

「記録は摂津《せっつ》が一番だな」

出揃《でそろ》ったタイムの表を眺めて、左京が淡々《たんたん》と告げると、万里が得意げに笑った。

「よゆー」

その視線は明らかに十座の方へ向けられていたが、十座は軽く鼻を鳴らすと、そっぽを向いた。

続いて行われたのは、反復横跳《よことび》だ。

床《ゆか》に等間隔《とうかんかく》で貼《は》られた三本のテープの真ん中に立ち、交互《こうご》に左右のテープを越え、その回数を測る。

「スタート！」

迫田の合図で万里、十座、太一の三人が同時に動きだした。

「ジャマすんな」

「こっちのセリフだ！」

縦に並んでいた万里と十座の距離《きより》が近く、素早《すばや》く横跳びをしながら小競《こぜ》り合いを始める。

「真面目にやれ」

呆《あき》れたような左京の声も聞こえていないのか、二人は小突《こづ》き合いながら器用に動き続けていた。

「あっち行け」

「てめーが行け」

「そこまで！」

号令がかかり、全員が動きを止めると、順にそれぞれの点数が発表された。

「太一くんすごい！　一番だよ！」

「え⁉　まじッスか⁉」

基礎体力では太一より勝っているはずの万里と十座が互いを潰《つぶ》し合ったことで、太一が漁夫の利を得た結果だ。

思いがけない勝利に太一がうれしそうに笑顔《えがお》を見せると、口論を続けていた十座と万里がぴたりと動きを止めた。

「……もう一回だ」

「測り直そうぜ、太一」

「ええええ……」

十座と万里に詰《つ》め寄《よ》られて、太一が不満の声を上げる。

「バカが。ふざけすぎだ」

左京はため息をつくと、測り直しを禁じて交代を命じた。

反復横跳びの次に行われたのはハンドボール投げだ。

「うわ！　万チャン、壁《かべ》すれすれッス！」

万里が投げたボールは測定用のラインを大きく超えて、体育館の反対側の壁すれすれのところに落ちた。測定係の太一が慌《あわ》ててボールが落ちたところまで小走りで向かう。

「体育館じゃ距離足んねーだろ」

万里がまだ余力のありそうな様子でそう告げた瞬間《しゅんかん》、隣の円から十座が腕を振りかぶってボールを投げた。キレイなフォームで放たれたボールは緩《ゆる》やかな放物線を描《えが》き、どこまでも距離を伸ばしていく。

「わあ、十座くんのボール壁に当たっちゃった！」

端《はし》の方で飛距離を測定しようと待機していたいづみが声を上げた。

「測定不可能だな」

十座のボールが勢いよく跳ね返って戻《もど》ってくるのを見て、臣も感心したようにつぶやく。

「体育館じゃ距離足らねぇ」

「真似《まね》してんじゃねーよ！」

十座が意図してか偶然《ぐうぜん》か、さっきの万里の言葉をそっくりそのままなぞると、万里が嫌《いや》そうに顔をしかめた。

十座の記録は二回目も測定不能となり、二回目も壁すれすれに落ちた万里は不服そうに鼻を鳴らした。

最後は柔軟性《じゅうなんせい》を測る種目だ。

前屈《ぜんくつ》に上体起こしと測定して、結果が発表されると一番柔軟性が高かったのは左京だった。

「あれ、左京さん意外と……」

結果を告げた臣が感心したような声を漏らすと、太一も同調するようにうんうんとうなずく。

「柔《やわ》らかいッス！」

「へー意外」

「だな」

万里と十座も今までと違《ちが》い、対抗《たいこう》意識を燃やすのも忘れてうなずき合っている。

「意外、意外うるせぇぞ」

居心地《いごこち》悪《わる》そうに顔をしかめる左京に、迫田がさっとタオルを差し出しながら笑顔を浮かべた。

「さすがアニキ、軟体動物《なんたいどうぶつ》っぽいっすね！」

「ほめてんのかけなしてんのか、どっちだ」

「いててて！」

拳《こぶし》を頭に押《お》しつけられて、迫田が涙目《なみだめ》になる。

「左京さん、稽古前の柔軟も時間かけてみっちりやってますもんね！」

「ケガ予防の基本だろうが」

いづみが微笑みながら普段《ふだん》の心がけの賜物《たまもの》だとほめると、左京は照《て》れ隠《かく》しのようにそっぽを向いた。

五種目の測定が終わり、最後はすべての測定結果をまとめた紙が、それぞれに手渡《てわた》された。

「納得できねえ」

「こっちのセリフだ」

じっと紙を見つめていた万里がぽつりとつぶやくと、十座もそれに同意する。

各種目ごとに五人のランキングも記載《きさい》されていたが、五種目中二種目万里が十座に勝利し、一種目は同じ順位で、見事に引き分けという結果になっていた。

「持久走で勝負しようぜ」

「ふん、後悔《こうかい》すんなよ」

万里の挑戦《ちょうせん》を受けて、十座が上着を脱《ぬ》ぐ。

「二人ともまだやるんスか？」

「放《ほ》っとけ」

気づかわしげに声をかける太一に対し、左京は二人を置いて体育館の隅《すみ》に歩きだす。

「もうお昼なのに、お腹《なか》空かないのかな」

いづみも心配そうに、屈伸《くっしん》を始めた二人を見つめる。

「先に弁当食べるか」

「やったッス！」

「臣くんのお弁当楽しみ！」

臣の一言で、太一といづみの注意は一気に臣特製の弁当へと移った。

いづみたちが体育館の端で重箱を広げている間に、十座と万里は弁当に目もくれずトラックを周回し始めた。

「この肉巻きおにぎりおいしいッス」

太一が幸せそうに大きな口を開けて、肉巻きおにぎりを頬張《ほおば》る。甘辛《あまから》く味付けされた肉《にく》汁《じゅう》が米に染《し》み込んでいるのが見るだけでわかった。

「唐揚《からあ》げもしょうがが効いてておいしい！　今日は全体的にがっつり系だね」

いづみも唐揚げを飲み込んで、絶賛した。

重箱の中には唐揚げの他にも、ハンバーグやかぼちゃコロッケなどボリュームのあるおかずがぎゅうぎゅうに詰め込まれている。

「体を動かすから、なるべくスタミナ回復できるものをと思ってな」

臣はにっこり笑うと、自ら揚《あ》げたコロッケを口に放り込んだ。

「酒でも飲みたくなるな」

左京がきんぴらをつまみながら、ぽつりとつぶやく。

「こんな昼間から左京さんみたいな人が酒盛りしてたら、通報されちゃいますよ」

「言うじゃねぇか」

いづみが茶化すと、左京は意味ありげに笑ってみせた。ぎくりと嫌な予感を覚えた様子で表情を固まらせるいづみに、左京が言葉を続ける。

「お前も摂津たちと一緒《いっしょ》に走ってくるか？　体力維持、向上は監督《かんとく》さんにも必要だろうしな」

「え、遠慮《えんりょ》します！」

いづみは全力で辞退すると、もう余計なことは言うまいとばかりに唐揚げをまた一つ口に詰め込んだ。

「ラスト一周っす！」

周数を数えていた迫田が万里と十座に叫《さけ》ぶと、自然といづみたちの視線が走る二人の方へと移る。

万里と十座は汗《あせ》を滴《したた》らせながら、迫田の合図をきっかけにラストスパートに入った。二人のスピードが一段階上がる。

わずかに先行していた万里に十座がじりじりと迫《せま》り、ついに並んだ。

「二人とも、がんばれー」

「十座、あと一息だ」

「もう少しッスよ！」

いづみや臣、太一が声援《せいえん》を送る中、左京は目前を走り抜ける二人に淡々と声をかけた。

「そんだけ体力有り余ってりゃ、まだいけるな。プラス五周しろ」

「はあ⁉」

「望むところっす」

万里がスピードを緩めて文句を言おうとしたとき、十座はさらにスピードを上げる。そこで一気に十座が万里の前に出た。

「待てや、体力ゴリラ！」

万里が慌てて追いかけると、十座は万里を振《ふ》り返《かえ》ることもなく答える。

「へばったならリタイアしろ」

「誰が――！」

「もう十周でもよかったな」

走りながら口論を続ける二人を見て、左京がぽつりとつぶやく。

「腹ごなしに俺も走ってくるか」

じっと二人の様子を眺めていた臣が、のんびりとそう言うと、紙コップの中のお茶を飲み干して腰を上げた。

「俺っちも！　なんか走りたくなってきたッス！」

続けて太一もぴょんと立ち上がり、上着を脱いで屈伸を始める。

「え、二人も走るの？」

驚いているいづみに軽く手を振って、臣と太一が走り始めた。

腹ごなしといっているだけあって、そのスピードは万里と十座のそれには程遠《ほどとお》い。が、二人に感化されたのは間違いない。

「左京さんはいいんですか？」

いづみは秋組メンバーの中で一人だけどっかりと座り込んだまま、お茶をすすっている左京をちらりと見やる。

「別に体力だけが大事なわけじゃねぇからな」

左京がしれっと答えると、いづみが噴《ふ》き出した。

体力の維持と向上を掲げて体力測定を企画《きかく》した人間の言葉とは思えない。体力面では若者に譲《ゆず》っても、それ以外では譲らないという左京の負けず嫌《ぎら》いな一面が垣間《かいま》見《み》える。

息を切らし、わき目もふらず全力で駆け抜ける万里と十座の目には互いの背中と前しか見えていない。肺はとっくに限界を超《こ》えているはずなのに、目の前に相手の背中が立ちふさがれば、さらに前へ、相手よりも先へと加速し続ける。

対抗心は二人にとって、いや秋組にとって何よりの推進力となった。

舞台《ぶたい》で共に並び立つ仲間でありライバル、その関係性は秋組特有のものだ。友達というにはささくれていて、仲間という言葉では複雑な感情が片づけられない。

ただ、このメンバーとならどこまででも走っていける。自分の限界も超えてのぼりつめていける。そんな思いが、旗揚げ公演を終えた秋組全員の胸に熱く灯《とも》っていた。

◆アンケートはこちら◆

https://ebssl.jp/bslog/bunko/alice_enq/

◆ご意見、ご感想をお寄せください。

［ファンレターの宛先］

〒102-8078 東京都千代田区富士見1-8-19

株式会社KADOKAWA　ビーズログ文庫アリス編集部

「A3!」宛

◆エンターブレイン カスタマーサポート

電話：0570-060-555（土日祝日を除く 正午～ 17:00）

WEB：https://www.kadokawa.co.jp/

（「お問い合わせ」へお進みください）

※製造不良品につきましては上記窓口にて承ります。

※記述・収録内容を超えるご質問にはお答えできない場合があります。

※サポートは日本国内に限らせていただきます。

A3!
バッドボーイポートレイト

トム

原作・監修／リベル・エンタテインメント

ビーズログ文庫アリス

2019年3月15日 初刷発行

発行人　三坂泰二

発行　株式会社KADOKAWA

〒102-8177　東京都千代田区富士見2-13-3

［ナビダイヤル］0570-060-555

［URL］https://www.kadokawa.co.jp/

デザイン　平谷美佐子（simazima）

印刷所　凸版印刷株式会社

ISBN978-4-04-735410-4　C0193

Printed in Japan

定価はカバーに表示してあります。

次巻予告
つぼみが花咲く
公式小説第4弾！
A3! もう一度、ここから。
2019年6月15日 発売予定!!

ビーズログ文庫アリス
A3!
Act! Addict! Actors!
600万 DL 突破!
イケメン役者育成ゲーム
初の公式ノベル!
大好評発売中!
①The Show Must Go On!
②克服の SUMMER!
③バッドボーイポートレイト
トム
原作・監修:リベル・エンタテインメント　イラスト:冨士原良《ふじわらりょう》
©Liber Entertainment Inc. All Rights Reserved.